UN RECUEIL DE CONTES CANADIENS-FRANÇAIS

L'Arbre de l'ancienne grand-mère

TOME 2

JOSEPH BOLTON

ILLUSTRÉ PAR NATASHA PELLEY-SMITH

Éditions Augustine's Alley

Titre original: Old Grandmother's Tree: A Collection of French-Canadian Folktales, Vol.2

Traduit de l'anglais par Kim Lan Dô-Chastenay
Conception de la couverture : Aaxel Author Group et Darlene Seong
Mise en pages : Aaxel Author Group
Illustration : Natasha Pelley-Smith

ISBN (papier): 979-8-9892325-6-7
ISBN (ePub): 979-8-9892325-7-4

Ce livre fait référence à des événements historiques et à des personnages historiques dans un cadre fictif au sein d'histoires imaginatives telles que mentionnées dans l'introduction du livre. D'autres noms, personnages, lieux et événements sont le produit de l'imagination de l'auteur.

Nous reconnaissons l'aide financière du Leominster Massachusetts Cultural Council en hommage au patrimoine canadien-français de la Nouvelle-Angleterre.

Je dédie ce livre à mes neuvième arrière-grands-parents Miteouamigoukoue et Pierre Couc.

« Miteouamigoukoue a vécu une vie pleine avec dignité, respect et amour. Une femme algonquine courageuse et aimante… ».

—Père Elisée Crey, prêtre Récollet, curé de Trois-Rivières, Québec, 1699

Table des matières

Note de l'auteur

J'ai écrit ces histoires comme hommage empreint de respect et d'affection à mes ancêtres, à la fois québécois et autochtones, et à leurs traditions. Je ne prétends pas être membre d'une communauté autochtone. En outre, je soutiens entièrement le droit des peuples autochtones à décider par eux-mêmes qui est et n'est pas membre de leurs communautés en fonction des critères qu'ils auront déterminés.

Je suis très fier d'avoir des racines québécoises et autochtones, et j'espère que les Québécois et les Autochtones liront mes histoires dans un esprit de famille, d'amour et d'amitié.

Joseph Bolton

Note de l'éditeur

Lorsque l'on travaille avec un auteur afin de réviser et peaufiner son manuscrit, l'un des aspects les plus gratifiants de ce processus est de témoigner le développement du manuscrit. Cet aspect était très présent dans ma collaboration avec Joseph Bolton pour *L'Arbre de l'ancienne grand-mère.*

Se lancer dans un partenariat éditeur-auteur nécessite une confiance de la part de l'auteur et un dévouement profond de la part de l'éditeur. Dans ce cas, Joseph partageait avec moi et mon équipe une œuvre très personnelle, dans la mesure où elle était un hommage à son héritage, un héritage tout à fait unique en tant qu'un Américain voulant faire un lien avec ses racines canadiennes-françaises et autochtones. En même temps, Joseph s'efforçait de créer des contes populaires, uniques et nouveaux, tout en respectant les paramètres traditionnels de ce type d'œuvre. La nature de ce travail était quelque chose que je gardais très à l'esprit lorsque je révisais et conseillais pour s'assurer le développement de chaque histoire du manuscrit.

Au cours de cette période, *L'Arbre de l'ancienne grand-mère* s'est étendu au-delà de la collection originale d'histoires, témoignage de l'étendue de la créativité que le livre offrait à l'auteur et à l'éditeur.

Il y a plusieurs éléments dans ce livre que le lecteur appréciera certainement : un univers narratif charmant, des personnages dans lesquels on veut investir, une célébration de la famille et, bien sûr, d'importantes leçons pour la vie.

De la part de moi et de toute l'équipe d'Aaxel Author Group, ce fut un véritable privilège de soutenir Joseph tout au long du processus de développement du manuscrit ainsi que de voir ce livre prendre vie et être livré entre les mains de lecteurs comme vous.

Introduction

Les contes folkloriques sont inhérents aux cultures de partout dans le monde. Ces récits faussement simples mettent souvent de l'avant des créatures fantastiques et des animaux farceurs qui non seulement divertissent, mais surtout transmettent d'importantes morales afin de vivre vertueusement. Chaque conte folklorique d'une culture précise évoque une certaine saveur prenant racine dans son histoire. Toutefois, puisqu'ils font appel à des thèmes universels de la vie humaine, ils sont appréciés bien au-delà de leur territoire d'origine.

Cet ensemble de contes folkloriques canadiens-français, écrits de ma plume et magnifiquement illustrés par Natasha Pelly-Smith, possède trois sources principales. La première est mes ancêtres canadiens-français et autochtones que j'ai plongés dans un monde folklorique recelant magie, animaux farceurs et créatures du Québec du 17e siècle et du début du 20e siècle. La deuxième source provient des mythologies algonquines, abénaquises et mi'kmaq. La troisième vient de mon propre vécu en tant qu'enfant de la grande diaspora québécoise en Nouvelle-Angleterre.

Je suis né à Pawtucket, au Rhode Island en 1964, à la fin de l'âge d'or de la culture canadienne-française en Nouvelle-Angleterre. Ma mère, Carol Bolton (née Savoie) avait 21 ans et était la plus âgée des onze enfants de Roland et Claire Savoie (née Saint-Goddard). À cette époque, de nombreux Canadiens-français à Rhode Island pouvaient parler français et le faisaient. Nous avions même des églises et des écoles francophones à Pawtucket.

En tant que premier petit-enfant, j'étais aimé et dorloté par mes tantes et oncles, dont la plupart étaient encore enfants eux-mêmes. Dans certains de mes plus vieux souvenirs avec eux, je me rappelle aller à la messe de minuit à l'église francophone de Pawtucket, Sainte-Cécile, puis me rendre à l'appartement de ma grand-tante pour un grand repas de Noël. Encore aujourd'hui, j'associe l'arôme étrangement épicé de la tourtière chaude à mes grands-tantes et avec Noël en particulier.

Dans la maison de mes grands-parents, les pièces étaient décorées de crucifix, de statues et d'art religieux. Ma grand-mère Claire avait l'habitude de réunir tout le monde pour égrener le rosaire en famille. En de rares occasions, je surprenais les taquineries en français entre mon grand-père Roland et ses sœurs Jeannette, Rita et Florence. À plusieurs égards, je pense que si on fait abstraction de la langue anglaise qui primait, mon enfance ressemblait assez à celle des enfants canadiens-français du Québec du début à la moitié des années 1960.

Tout petit, je savais que nous venions du Québec. Par contre, en vieillissant, la façon dont je percevais le Québec a changé, évolué. Au début, c'était le lieu des contes et des légendes familiales. Mes grands-tantes parlaient de leur frère Georges Savoie qui, en tant que frère Donald de Sacré-Cœur, enseignait les mathématiques à Sherbrooke et à Drummondville au Québec, et à Central Falls au Rhode Island. Ma grand-mère Claire évoquait ses parents Adélard et Eva Saint-Goddard (née Marion) et racontait que lorsqu'ils étaient sans enfant, ils ont visité le sanctuaire de Sainte-Anne-de-Beaupré pour demander un bambin à eux. Mon grand-père Roland parlait des visites à ses cousins à la vieille ferme familiale Meunier au Québec. Ils racontaient aussi comment mes arrière-arrière-grands-parents, Elphage et Delia Meunier recevaient dans leur maison le frère André Bessette (plus tard canonisé) pour souper.

Un peu plus tard, le Québec est devenu un endroit à visiter rempli d'aventures. Ma première escapade au Québec a eu lieu lors d'un voyage de camping à Gatineau, juste de l'autre côté du fleuve à partir d'Ottawa. Nous avons visité le Parlement, et c'est là où je me suis rendu compte qu'il y avait deux Canada : l'un anglais et l'autre français. Nous avons aussi fait des voyages en famille, les meilleurs étant ceux où nous assistions aux matchs des Expos de Montréal.

Lorsque nous étions dans la vingtaine, moi et mes frères David, Peter et Patrick, qui maîtrisaient le français, allions faire la tournée des bars à Montréal. Or, leur français n'était pas parfait. Mon frère Patrick rit encore lorsqu'il se remémore s'être fait crier dessus par un barman en raison de sa mauvaise conjugaison du verbe « boire ». Disons qu'à ce moment de nos vies, le Québec était le lieu d'aventures trépidantes.

Ma dernière visite au Québec, jusqu'en 2022, remontait à 1987 et j'étais en compagnie de mon grand-père Roland et de mon frère David. Nous sommes allés à Notre-Dame et au Musée des Beaux-arts, avons roulé jusqu'à la vieille ferme Meunier, puis avons fait la route longue et ennuyante le long du fleuve Saint-Laurent pour une petite promenade sur les Plaines d'Abraham, puis à Sainte-Anne-de-Beaupré. Le voyage s'est révélé fatigant, et même si j'étais certainement intéressé, j'ai eu l'impression d'être un touriste à l'horaire trop chargé. Cela m'attriste aujourd'hui, en partie parce que mon grand-père me manque.

Plusieurs années plus tard, grâce à l'arrivée des tests d'ADN et des avancées en matière d'outils généalogiques, j'ai fait des recherches sur l'histoire de notre famille au Québec. La plus grande surprise est survenue lorsque j'ai donné à ma mère et cinq de ses frères et sœurs un test d'ADN.

En grandissant, on nous disait que la famille de ma mère était « 100 % » francophone. En réalité, bien que nous soyons surtout français, les tests d'ADN ont montré que d'autres ethnies se sont immiscées dans notre arbre et que nous sommes également espagnols, anglais et autochtones. Parmi ces ancêtres autochtones, j'en ai retrouvé trois jusqu'à maintenant. L'un était le guerrier Penobscot nommé Madockawando, dont la fille a marié l'irascible Baron Jean-Vincent d'Abbadie de Saint-Castin. Un autre était une femme mi'kmaq de qui, malheureusement, l'on sait très peu de choses.

Toutefois, c'est un troisième ancêtre, une femme algonquienne baptisée Marie Madeleine, mais née Miteouamigoukoue, qui a touché mon cœur. Nous en savons beaucoup sur elle grâce à la consignation rigoureuse des événements des Jésuites et aux recherches du regretté généalogiste et éducateur canadien-français Normand Léveillée, également descendant de Miteouamigoukoue.

En 1652, Miteouamigoukoue était une jeune femme de la Première Nation Weskarini qui vivait avec son mari Assababich et leurs deux jeunes enfants, Pierre et Catherine, près de Trois-Rivières. Sa vie changea pour toujours lorsque des pillards mohawks venant du sud attaquèrent le peuplement, tuant et capturant beaucoup d'Algonquins et de Français. Son mari Assababich fut tué durant l'attaque et ses deux enfants, ainsi qu'une jeune femme algonquienne nommée Kahenta, future mère de Sainte Kateri Tekakwitha, furent capturés et emmenés dans le village Mohawk d'Ossernenon. Elle ne revit jamais ses enfants. Cinq ans plus tard, elle maria le soldat français et interprète Pierre Couc et ensemble, ils devinrent mes neuvièmes arrière-grands-parents. Cette tragédie, vécue à un si jeune âge, m'a beaucoup ému, mais surtout, j'ai admiré sa force, sa persévérance et son courage de vivre et d'aimer encore.

C'est avec Miteouamigoukoue et son mari Pierre Couc que j'ai commencé ce recueil de contes folkloriques. Un bon conte folklorique possède un mélange de vérité littérale et de ce que j'appelle la vérité folklorique. Dans ces récits, la vérité littérale est que tous les Meunier, Pierre Couc, Miteouamigoukoue, Assababich et grand-père Charles sont de vraies personnes, mes ancêtres, et que leurs relations avec moi et entre eux sont véridiques.

En août 2022, j'étais déjà bien avancé dans mon écriture de ces contes folkloriques lorsque j'ai eu l'idée de retourner au Québec. En parcourant une carte, j'ai vu le village juste au-dessus de la frontière avec le Vermont portant le nom intriguant de Magog. Quatre heures de voiture plus tard, je me trouvais l'invité de Nicole et Michel, mes hôtes du charmant gîte Au Cœur de Magog.

Bien honnêtement, je ne savais pas à quoi m'attendre, puisque c'était mon premier retour au Québec depuis que j'y étais allé avec mon grand-père en 1987. Serais-je le bienvenu? Me serait-on hostile à cause de mon français imparfait? Est-ce qu'on me parlerait, à moi, un parfait étranger du sud de la frontière? Il s'avère que je n'avais aucune inquiétude à me faire. Les Magogois étaient amicaux et chaleureux, et ils s'intéressaient à l'histoire d'un Canadien-français rentrant à la maison depuis la Nouvelle-Angleterre. Même mes tentatives de parler français recevaient un accueil légèrement amusé et des encouragements. Merci, Magogois, pour m'avoir aidé à découvrir que le village de Saint-Honoré dans *L'Arbre de l'ancienne grand-mère* est aussi près de Magog que possible sans l'être réellement.

Durant ce voyage, je me souviens d'un début de soirée chaude sur le bord du lac Memphrémagog, regardant le coucher du soleil sur le Mont-Orford comme si j'en voyais un pour la première fois. Je ne me sentais pas comme un touriste ni comme un étranger tandis que je marchais sur le territoire parcouru par mes ancêtres, regardant les montagnes comme ils l'avaient fait, et considérant ses gens qui étaient littéralement mes cousins. J'ai ressenti un élan d'amour pour le territoire et les gens du Québec.

J'espère que vous aurez du plaisir à lire ces contes folkloriques, que vous les trouverez émouvants, drôles et réfléchis. Par-dessus tout, gardez en tête que ces contes sont une lettre d'amour de moi à vous, Québécois et Canadiens-français de partout!

Merci!

LA LÉGENDE DES GÉANTS DE GLACE

(La danse de la création, partie II)

Trois-Rivières, Québec, à la fin de la dernière âge glaciaire, lorsque la Grande Glace a commencé à se retirer de l'Amérique du Nord.

LE CAFÉ PAPILLON

CHAPITRE 1

L'arrivée de Tante Victorine

Jeudi 30 octobre 1902, dans le village de Saint-Honoré, au Québec

Adrien Meunier essuya le givre de la fenêtre de la cuisine, dans la maison de ferme de la famille Meunier, et regarda dehors. Les premiers rayons du soleil de fin octobre se levaient enfin sur la colline Gingras à l'est. La mosaïque de feuilles orange et rouges qui, il y a quelques semaines, caressaient le village de Saint-Honoré était désormais tombée au sol pour nourrir la terre durant le long hiver à venir.

La petite neige qui recouvrait le dessus des montagnes au loin annonçait l'hiver. Le père d'Adrien, Elphage Meunier, venait tout juste de revenir de la grange pour préparer les récoltes automnales pour l'entreposage d'hiver.

Comme elle le faisait chaque dernière semaine d'octobre, la mère d'Adrien, madame Delia Meunier, sortit les manteaux d'hiver de la famille qui pour l'été avaient été profondément enfouis dans le fond du placard de l'entrée. Mais c'était une autre tradition qui poussait Adrien à coller son visage contre la vitre glacée : l'arrivée de la sœur aînée de sa mère, Victorine et de son mari Adélard de Sherbrooke. Isala, la plus âgée des enfants Meunier, se tenait à côté de son frère à la fenêtre.

– Alors, tu les vois? demanda-t-elle

Avant qu'Adrien ne puisse répondre, madame Meunier les appela de la cuisine. « Il est encore tôt pour l'arrivée de Tante Victorine et Oncle Adélard. Revenez à table et mangez votre gruau pendant que c'est encore chaud. »

Delia Meunier, plaçant les derniers bols de gruau devant sa fille Flora et son fils Loyola, avait aussi hâte de voir sa sœur.

Le tintement des cuillères était le seul son audible dans la cuisine à mesure que la famille Meunier raclait les dernières bouchées du délicieux gruau de madame Meunier. Le mari de Delia Meunier, Elphage, fut le premier à percevoir un nouveau son provenant de l'extérieur. Très subtil au début, il se fit de plus en plus audible et mécanique, un peu comme la machine à traction qu'Elphage avait achetée au printemps dernier.

Elphage déposa le *Journal de la ferme* et courut à la fenêtre. « L'ours et le raton laveur sont mieux de ne pas encore voler ma machine à traction Waterloo Boy! »

Les enfants Meunier, se souvenant du spectacle printanier d'un ours et d'un raton laveur partant au volant de la nouvelle machine de Papa, coururent à l'extérieur pour aller voir dehors, Elphage les suivant de près.

Au lieu d'un ours et d'un raton laveur partant avec la machine à traction, arrivait par la route une femme à bicyclette. Le crachotement résonnait de plus en plus à mesure qu'elle s'approchait.

- C'est Tante Victorine! s'exclama Flora.
- Elle ne pédale pas la bicyclette! remarqua Isala.
- C'est quel genre de bicyclette ça? demanda Adrien.
- Je crois c'est une bicyclette motorisée, Adrien, répondit son père. Je n'en avais jamais vu une auparavant.

Delia Meunier se précipita à l'extérieur au moment où Victorine s'arrêtait devant une famille Meunier ébahie. Les toujours curieux animaux de la Troupe de Sabots s'élancèrent également hors de l'étable et commencèrent à se bousculer pour obtenir une place devant la famille.

– J'adore les caresses de bedon de Tante Victorine! s'exclama Isabelle la chèvre en bondissant vers l'invitée.
– Je suis la première pour un grattage de menton! cria Hélène la vache.
– Tante Victorine va vouloir rencontrer mon veau. Tasse-toi, ma sœur!

Et Pauline la vache et son veau Mirabelle se faufilèrent à travers la foule.

– Je veux juste qu'on me prenne et qu'on me fasse des câlins! réclama Claude le petit cochon en sautant partout pour attirer l'attention de Tante Victorine.
– Tante Victorine m'apporte des pommes, s'exclama Maurice le cheval.

Montcalm, le chat borgne, se cherchait une nouvelle épaule sur laquelle se percher.

- J'espère qu'Oncle Adélard m'a apporté les meilleurs cigares et du bon vin de Sherbrooke, déclara Henri le mouton.
- Je ne le vois pas, Henri. Où est Oncle Adélard? demanda Loyola.
- Oui… où est mon frère Adélard? demanda Elphage.

Non seulement Victorine et Delia étaient sœurs, mais leurs maris, Elphage et Adélard, étaient frères également.

– Silence tout le monde! commanda Delia.
– Les enfants, ici, la Troupe de Sabots, en rang là.

Tout le monde se rassembla autour de Delia et de Tante Victorine.

Delia Meunier prit sa grande sœur dans ses bras et l'embrassa sur les joues.

– Bienvenue à la maison, ma sœur! sourit Delia. Nous avons tant de questions! Quel type de bicyclette nous apportes-tu? Et où est Adélard?

Elphage et Loyola inspectaient déjà la bicyclette motorisée.

– Oui, Victorine, nous voulons tout savoir. Quel est cet engin? demanda Elphage en relevant la tête.
– C'est une bicyclette motorisée de marque Indian de 1902 qui vient d'arriver par train de Springfield, au Massachusetts.

Victorine afficha un sourire rayonnant en pointant le moteur. « C'est la dernière nouveauté! »

– La Dernière Nouveauté! chuchotèrent les animaux de ferme.
– J'ai toujours voulu essayer la Dernière Nouveauté! s'exclama Isabelle la chèvre
– Adélard s'est arrêté au village pour acheter de l'essence pour la bicyclette motorisée, expliqua Tante Victorine.

– Voilà Oncle Adélard! cria Adrien en voyant son oncle arriver, aux commandes d'un chariot tiré par des chevaux et rempli de bagages.
– Allez, rentrez à l'intérieur vous deux! Vous devez être affamés, et j'ai un bol de gruau chaud qui vous attend sur le feu!

Delia prit le bras de Victorine et marcha en direction de la porte d'entrée.

– Est-ce la recette de Maman? demanda Victorine.
– Bien sûr! Et toi et Adélard pouvez vous installer dans ton ancienne chambre au deuxième étage.

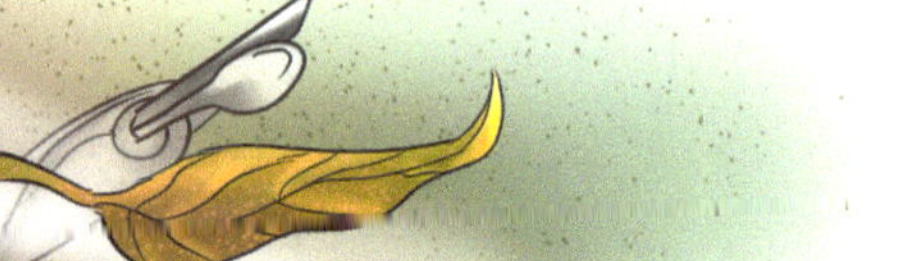

– Oh, merci! C'est bon d'être à la maison, Delia.

Elphage serra la main de son frère, puis se tourna vers ses fils, Loyola et Adrien.

– Loyola et Adrien, allez aider votre tante et votre oncle à sortir les bagages du chariot.
– Oui Papa! répondirent les garçons en grimpant à l'arrière du chariot.

Puis, le turbulent rassemblement de la famille Meunier se déplaça dans la maison, laissant les animaux de la Troupe de Sabots en cercle autour de la bicyclette motorisée.

C'est Claude le cochon qui brisa le silence.

– J'ai une idée—

Mais avant qu'il finisse sa phrase, Hélène commença à grimper sur la bicyclette motorisée.

– Moi d'abord! Je suis la vache la plus aventureuse et c'est donc moi qui devrais conduire la Dernière Nouveauté en premier!

Hélène était inconfortablement assise à califourchon sur la bicyclette motorisée.

– Pourquoi la Dernière Nouveauté ne bouge-t-elle pas?
– Tu es trop grosse, ma sœur! Laisse Mirabelle essayer.

Pauline poussa une Mirabelle réticente vers l'engin. Le veau lança un regard vers ses câbles et chaînes terrifiantes, et s'en retourna promptement vers l'étable.

– La Dernière Nouveauté n'apporte que des problèmes, avertit Maurice. Vous vous souvenez de ce qui est arrivé avec Walter le cheval mécanique au printemps dernier?

Ignorant l'avertissement de Maurice, Henri le mouton prit les devants.

– La Dernière Nouveauté ne cède qu'à ceux faisant preuve de sophistication et de nuance. Dans ce cas, monter avec un cigare et un verre de vin rouge fournira l'ambiance appropriée pour faire un tour.

Henri grimpa à bord de la Dernière Nouveauté et s'assit sur la bicyclette motorisée, un sabot tenant un verre de vin, un autre, un cigare, ce qui le fit rapidement perdre l'équilibre : il roula derrière la motocyclette jusqu'au sol.

– Vous avez tous tort! déclara Isabelle en brandissant les lunettes de protection de Tante Victorine. Tante Victorine portait ces lunettes en arrivant sur la Dernière Nouveauté. Donc, elle ne bougera pas si vous ne les portez pas. Voici comment elle a fait.

Les lunettes sur les yeux, Isabelle s'assit sur la motocyclette, agrippa le guidon des deux sabots, et commença à reproduire le vrombissement.

– Je devrais bouger à tout moment.

Maurice s'approcha et chuchota à Isabelle :

– Je pense que tu devrais descendre avant d'avoir des ennuis...

Maurice pouvait voir Tante Victorine descendre les marches et s'approcher d'Isabelle et de la bicyclette motorisée.

– Pourquoi? Ce sera tellement chouette!

Isabelle se détourna de Maurice pour se retrouver face à face à Tante Victorine, les sourcils froncés.

Isabelle essaya de sourire dans l'espoir de se tirer d'affaire.

– Euh, bonjour, Tante Victorine. Je vais faire un tour. Voulez-vous m'accompagner?
– Isabelle, dit Tante Victorine en fixant Isabelle.
– Oui, Tante Victorine? répondit Isabelle.
– Que dirais-tu d'un grattage de bedaine demain au lieu d'un tour de bicyclette motorisée aujourd'hui?
– Vendu, Tante Victorine!

Et Isabelle se glissa jusqu'au sol.

CHAPITRE 2

Déjeuner au Café du Papillon (vendredi 31 octobre 1902)

Le matin suivant, le soleil se leva sur les champs recouverts de rosée du matin. La lumière du soleil traversait la respiration de la famille Meunier tandis que tout le monde se rendait à l'étable pour les tâches matinales. Comme toujours lorsqu'ils rendaient visite à la famille Meunier, Tante Victorine et Oncle Adélard se joignirent à eux dans l'étable. Maurice reçut sa délicieuse pomme de Tante Victorine. Oncle Adélard offrit à Henri une boîte des derniers cigares importés et une bouteille de vin rouge. Isabelle rit sous le grattage de bedaine de Tante Victorine. Les vaches Hélène et Pauline firent la queue pour leur grattage de menton, et Mirabelle étira son cou vers Tante Victorine pour recevoir un bisou. Finalement, Claude le cochon couina de plaisir lorsqu'il eut son câlin de Tante Victorine.

Adrien leva sa tête de ses tâches.

– Tante Victorine, allez-vous nous faire une de vos délicieuses tartes pendant que vous êtes là?

Isala s'approcha de son frère.

– Tu sais qu'elle doit réserver ses forces pour le concours de pâtisserie du Festival des récoltes.

Ne souhaitant pas être oublié, Loyola alla rejoindre Tante Victorine.

– Pensez-vous faire mieux que Séraphine LaRue cette année, Tante Victorine?

Tante Victorine s'arrêta en pleine deuxième ronde de grattage de menton de vache.

– À chaque festival, Séraphine LaRue et moi semblons gagner en alternance le prix de la meilleure tarte aux pommes de Saint-Honoré.

Elle s'arrêta de nouveau un instant.

– C'est quand la dernière fois que vous avez déjeuné au *Café du Papillon* de Séraphine LaRue?

– Nous ne sommes pas allés au café depuis l'été! cria Adrien

Elphage déposa sa fourchette et se tourna vers Loyola.

– Si tu y vas, Loyola peut-être pourrais-tu inviter Gaëlle ou Maëlle LaRue au festival ce samedi pendant que tu y es?

– Oh, Papa, elles ont un an de plus que moi! répondit Loyola en rougissant.

Il avait secrètement le béguin pour les jumelles LaRue. Si seulement il pouvait différencier Gaëlle de Maëlle.

Isala s'alarma de l'intrusion de son frère dans son cercle d'amies.

– Papa! Gaëlle et Maëlle sont mes amies, pas celles de Loyola!

Pendant ce temps, Tante Victorine était déjà dehors avec ses lunettes de protection et se tenait à côté de la bicyclette motorisée Indian 1902.

– Vous pouvez rester là à vous chamailler, ou embarquer dans le chariot et me suivre au *Café du Papillon* pour déjeuner!

Les enfants Meunier prirent le chariot au café, Tante Victorine en tête sur sa bicyclette motorisée. Une fois arrivés, ils entrèrent tous dans le café.

À chaque table du café étaient rassemblés des villageois bruyants qui discutaient du travail de la journée ou du Festival des récoltes à venir. Les jumelles de dix-sept ans de Séraphine LaRue, Gaëlle et Maëlle, virevoltaient de table en table pour prendre les commandes, remplir les tasses de café et déposer des assiettes de déjeuners tout chauds.

Dans un coin, à l'arrière du café, le mari bûcheron de Séraphine LaRue, Jacques LaRue, amusait la galerie, entouré d'hommes du village.

- Victorine! Comme c'est gentil de venir!

Une femme rousse avait relevé la tête de ses fourneaux au moment où la famille Meunier passait la porte.

Tante Victorine parcourait la salle du regard, cherchant une table libre.

- Séraphine LaRue! Ça fait plaisir de te voir aussi! Nous sommes venus déjeuner et voir si tu pensais renoncer au concours de pâtisserie du festival cette année, s'exclama Tante Victorine en souriant.
- Et tu as amené les enfants Meunier. Bienvenue, mes chers, dit-elle en se tournant vers les enfants.

– Bonjour Madame LaRue, dirent les enfants tout sourires.

– Eh bien, Victorine, si tu étais aussi bonne cuisinière que tu le prétends, tu n'aurais pas besoin de moi pour faire ton déjeuner, n'est-ce pas?

Séraphine se tenait le sourire aux lèvres, une spatule dégoulinante d'appareil à crêpe dans la main.

– On dirait qu'il n'y a plus de tables disponibles, observa Séraphinc. Assoyez-vous ici au comptoir, et nous pourrons jaser pendant que je vous sers le déjeuner.

Victorine, Isala, Loyola, Adrien et Flora prirent place au comptoir.

Séraphine se tenait derrière le comptoir, la main sur la hanche.

– Alors, qu'est-ce que je vous fais pour déjeuner?
– Des crêpes! répondirent les enfants Meunier à l'unisson.
– Et combien en voulez-vous? Trois? Quatre?

Il y eut un moment d'hésitation pendant que les enfants Meunier se lançaient des coups d'œil.

– Je pense que ce sera un seul pour moi, Madame LaRue, dit Isala toute gênée.

– Hum, une seule crêpe? Eh bien, je suppose qu'une fille doit faire attention à sa taille, dit Séraphine.

Puis, elle se tourna vers les garçons.

– Loyola, Adrien, je sais que de jeunes hommes en pleine croissance comme vous prendront trois ou quatre crêpes, n'est-ce pas?
– Juste une crêpe pour moi, Madame LaRue, répondit Loyola.
– Et juste une pour moi, s'il vous plaît, ajouta Adrien.

Exaspérée, Séraphine s'adressa de nouveau à Victorine.

– Et je suppose, Victorine, que tu ne prendras qu'une crêpe?
– Oui, Séraphine, plus que ça et je serais submergée par un surplus d'excellente cuisine, dit Tante Victorine avec un clin d'œil. Et je vais partager la mienne avec Flora.

– Je veux beaucoup de sirop d'érable et de beurre sur ma crêpe, dit Flora, debout sur le tabouret pour que madame LaRue puisse la voir.

Séraphine LaRue examina toute la famille Meunier assise au comptoir.

– Une seule crêpe? Une crêpe chacun? J'imagine que personne n'a très faim ce matin.

Elle retourna à ses fourneaux et commença à faire les crêpes.

Pendant qu'ils attendaient, Isala vit Loyola qui regardait subrepticement les filles LaRue qui se déplaçaient de table en table. Isala donna un coup de coude à son frère.

– Tu devrais inviter l'une d'elles au Festival des récoltes, comme l'a suggéré Papa.

Loyola commença à paniquer à la pensée de parler à l'une des sœurs.

– Mais laquelle est Gaëlle, et laquelle est Maëlle? Ce sont tes amies, tu devrais être capable de me le dire.

– Bien sûr que je peux, dit Isala en pointant la jumelle la plus proche. Elle, c'est Maëlle. Va donc lui parler.

Loyola commença à se déplacer vers la fille LaRue, qui versait du café à une table.

– Ne les mélange pas! avertit Isala. Elles aiment jouer des tours aux gens qui ne peuvent les distinguer!

Loyola se mit près de la fille LaRue la plus proche.

– Euh, salut.

La jumelle LaRue leva les yeux vers lui en finissant de verser le café.

– Que veux-tu, petit homme? Comme tu peux le voir, je suis occupée.
– Eh bien, je voulais te demander si tu voulais venir avec moi au bal du Festival des récoltes samedi soir.

– Avec toi? répondit la jumelle LaRue, surprise. Avant de dire oui, dis-moi quel est mon nom?

Loyola sentit qu'il allait se mettre le pied dans les plats.

– Euh… tu es… Maëlle, non?
– Es-tu certain? Attends une minute, Loyola. Ma sœur! Viens ici! Loyola a quelque chose à nous demander.

L'autre jumelle LaRue venait de placer une commande de déjeuner sur une table et s'approcha pour se placer à côté de sa sœur. Les mains sur les hanches, elle s'adressa à Loyola.

- Oui? Qu'y a-t-il?
- Loyola aimerait inviter l'une de nous au bal du Festival des récoltes. Mais je ne pense pas qu'il sache laquelle inviter.

Un sourire narquois se dessina sur son visage.

- Eh bien, je..., bégaya Loyola.
- Ne t'inquiète pas, Loyola, nous allons te faciliter la tâche, interjeta la deuxième sœur LaRue. J'ai une idée.

Elle s'approcha de sa sœur et chuchota dans son oreille. L'autre se mit à glousser.

Finalement, les sœurs se tournèrent vers Loyola.

- Si tu peux correctement dire laquelle de nous est Gaëlle, et laquelle est Maëlle, nous irons toutes les deux à la danse avec toi. Si toutefois tu te trompes, tu devras rester ici et laver toute la vaisselle, les casseroles et les poêles, dit-elle en pointant du doigt l'évier débordant de vaisselle sale.

– Alors, qu'attends-tu? Devine!

Loyola regarda l'immense pile de vaisselle sale, puis les jumelles, belles et envoûtantes.

– Qui me dira si j'ai raison?
– Nous! répondirent les filles à l'unisson.

Loyola déglutit.

– Vous?
– Qu'est-ce qu'il y a, Loyola? Ne nous fais-tu pas confiance?

– Maëlle! Gaëlle!

Les jumelles et Loyola se tournèrent et virent Séraphine LaRue qui se tenait là, une grosse cuillère de pâte dégoulinant sur le plancher.

– Il y a trop de travail pour que vous puissiez potiner avec vos amis. Vous parlez plus tard du bal du Festival des récoltes.

Puis, Séraphine se tourna vers Loyola.

– J'ai presque fini les crêpes. Retourne au comptoir pour déjeuner, mon cher.

– Tu as manqué ta chance, Loyola! s'exclama l'une des jumelles en riant tandis que chacune retournait à une table pour travailler.

Loyola retourne s'asseoir à côté d'Isala au comptoir.

Loyola lança un regard désespéré à Isala.

– Je te l'avais dit, Loyola, elles jouent des tours aux gens qui ne peuvent les différencier.

Séraphine LaRue se retourna, une crêpe géante trônant dans chaque assiette.

– Voilà vos crêpes! Si vous avez encore faim, j'en ferai d'autres! ajouta-t-elle en souriant.

CHAPITRE 3

LaRue raconte son histoire

Tu es fou, LaRue! s'exclama un des hommes assis près de Jacques LaRue dans le coin du café. Il n'y a pas de géant poilu sur le Mont-Orford!

Les rires attirèrent l'attention de la famille Meunier qui mangeait ses crêpes au comptoir.

– Vous le croirez lorsqu'il vous traînera jusque dans sa grotte en haut de la montagne! J'ai vu le Géant Poilu essayer de ramener mes bœufs Castor et Pollux, un sous chaque bras, dans la forêt. Il les a laissé tomber seulement parce qu'il a eu peur de moi, Jacques LaRue, l'homme le plus fort des Cantons-de-l'Est.

La famille Meunier délaissa le comptoir et s'assit à la table des LaRue pour regarder Jacques LaRue.

– Monsieur LaRue, qu'est-ce que le Géant Poilu? demanda Adrien.

Avant qu'il puisse répondre, Séraphine LaRue s'approcha et regarda son mari.

– Jacques LaRue, ce n'est pas le temps de flâner et de raconter de grandes histoires. J'ai besoin que tu ailles dans la forêt et que tu rapportes du bois de chauffage pour que les fourneaux continuent de rouler.
– Oh, ma chère petite hache! Ne vois-tu pas que le ciel est couvert d'étranges nuages et qu'un vent froid souffle sur le Mont-Orford? C'est parce que le Géant Poilu est en train de rôder. Demain sera un meilleur jour. J'irai à ce moment.

Séraphine LaRue plissa le nez et pointa une cuillère dégoulinante vers Jacques.

– Madame Casserole ne sera pas contente ce soir si elle doit s'asseoir sur un poêle froid. Et si Madame Casserole n'est pas contente, il n'y aura pas de souper pour Jacques LaRue!
– Oh, donne-moi encore quelques minutes le temps de finir mon histoire. J'irai ensuite.

Une Séraphine exaspérée partit en coup de vent retrouver ses fourneaux.

Flora se tourna vers Tante Victorine.

– J'adore les histoires de monsieur LaRue!

– Le café en entier se fit silencieux et se retourna pour faire face à Jacques LaRue.

LaRue leva les bras pour avoir l'attention de tout le monde.

– Gens de Saint-Honoré. Écoutez ce que j'ai à dire. C'était il y a environ un mois et je bûchais dans la forêt sur le versant est du Mont-Orford. J'ai suivi les sentiers de bûcheronnage qui finissent en haut de la montagne, comme d'habitude. J'avais mes deux bœufs, Castor et Pollux, qui tiraient le chariot. C'était en fin d'après-midi et, comme vous le savez tous, même en septembre le soleil commence à se coucher tôt derrière la montagne. Il ne me restait qu'une corde de bois à charger avant de retourner à la maison pour souper avec Madame Casserole.

– Peut-être que tu t'étais perdu! cria un homme dans la salle.
– Non, non! J'ai été dans les forêts autour du Mont-Orford plusieurs fois. Oui, c'est vrai! Enfant, j'ai grandi en jouant dans ces forêts qui entourent la montagne. Je connais chaque son, chaque trace d'animal, et chaque animal de cette forêt. Écoutez donc Jacques LaRue, maintenant! Je vais vous raconter.

Le silence s'installa de nouveau dans le café.

– Cet après-midi-là, alors que le soleil se faisait de plus en plus bas, la forêt est devenue aussi calme qu'un cimetière. Pas même les oiseaux ne volaient ou chantaient! Rien, c'est moi qui vous le dis!

Jacques LaRue se pencha vers l'avant tout en amenant son auditoire plus loin dans la forêt avec lui.

– Soudainement, un vent étrange commença à souffler à travers les arbres. Le vent faisait bouger les feuilles sur la route, puis il sifflait entre les branches des arbres. J'ai tiré mon col autour de mon cou pour me protéger du vent froid et rester au chaud.

– Castor et Pollux se sont soudainement arrêtés sur la route et ont refusé d'avancer plus loin. Puis, aussi rapidement qu'il était arrivé, le vent s'est arrêté. Quelques instants plus tard, derrière moi, à ma gauche, je pouvais écouter les branches des arbres se casser comme si une chose immense marchait hors de mon champ de vision.
– Est-ce que c'était le monstre? s'exclama la vieille veuve Rosalie Fontaine, propriétaire du magasin de fromage.
– Non, pas encore! répondit Jacques en regardant Rosalie dans les yeux.

– Mais lorsque j'ai contourné mon chariot pour voir ce qui avait fait le bruit, j'ai vu une magnifique renarde sur le bord de la route, à la lisière de la forêt. Et sur une branche d'arbre, juste au-dessus d'elle, se tenait un corbeau.

– Eh bien, bonjour petite renarde. Tu as fait une belle peur à Jacques LaRue.

– La renarde et le corbeau avaient l'air amicaux, alors j'ai fait un pas vers eux pour les voir de plus près. La renarde est restée où elle était, puis elle regarda le corbeau. Et le corbeau lui rendit son regard. Comme s'ils se parlaient. Ou alors, ils attendaient quelque chose, ou quelqu'un.

– LaRue! As-tu eu peur d'une renarde?

Cette fois, c'était monsieur Jean Bénéat, le propriétaire du magasin général du village, qui avait parlé.

– Bien sûr que non! Moi, Jacques LaRue, l'homme le plus fort des Cantons-de-l'Est n'ai peur de personne. C'est juste que les pas avaient l'air de venir de quelque chose de beaucoup plus gros qu'une renarde.
– Laissez-le finir l'histoire! cria quelqu'un dans le fond du café.
– Oui, Monsieur LaRue, finissez l'histoire s'il vous plaît, dit Isala Meunier maintenant qu'elle et ses frères et sœurs étaient bien captivés.
– Bien sûr, ma chère Isala, fit Jacques.

Puis, faisant face à tout le monde, Jacques continua son histoire.

- Il y avait quelque chose de particulier chez cette renarde et ce corbeau. Autour de leur cou était enroulé un ruban rouge vif. En outre, un talisman pendait sur chacun des rubans autour de leur cou. La renarde et le corbeau avaient chacun leur propre talisman.
- Quel genre d'étrange renard es-tu, ma petite? ai-je demandé à la renarde. Elle n'a rien dit, mais s'est tournée comme pour retourner dans la forêt. Après avoir fait quelques pas, elle se retourna pour me regarder, comme si elle voulait que je la suive plus loin dans la forêt.

– Alors, je lui ai dit, tu essaies de me jouer des tours, ma petite? La renarde s'arrêta quand je lui parlai. Elle se retourna et regarda le corbeau. J'ai aussi regardé le corbeau et, croyez-le ou non, il me regarda en retour. Puis, il laissa échapper un petit *croaa*!
– Mais, qu'en est-il du monstre?

Cette fois, c'était Louis D'Arcy, le maire de Saint-Honoré, qui interrompit LaRue.

– Je vais vous parler du monstre maintenant, Monsieur le Maire! répondit Jacques LaRue.

Tante Victorine, Isala, Loyola, Adrien et Flora ne remarquèrent pas Gaëlle et Maëlle LaRue se faufiler derrière eux.

– Bou! crièrent Gaëlle et Maëlle, directement derrière les Meunier.

Tout le café éclata de rire en voyant Tante Victorine, Isala, Loyola, Adrien et Flora sauter de leur chaise.

– Les filles! Oh, mes filles! Laissez Papa finir son histoire!

Jacques LaRue regarda vers le ciel comme pour invoquer l'aide des saints du paradis.

– Désolé Papa, dit Gaëlle.

– Alors où en étais-je? Jacques LaRue se renfonça sans sa chaise pour rassembler ses pensées. Ah oui! Je regardais le corbeau et il me retourna un regard en laissant échapper un petit croaa. « Qu'essaies-tu de me dire, Monsieur Corbeau? » lui demandais-je. Puis…

Jacques LaRue se pencha vers l'avant, les bras grands ouverts.

Tout le monde dans le café se cala dans sa chaise.

– Et puis quoi, LaRue?

LaRue ne dit rien pendant quelques instants tout en sondant son auditoire dans le café. Finalement, il se mit debout.

– Et puis quoi? Eh bien, soudainement, j'ai entendu Castor et Pollux pousser des cris de peur qui auraient glacé le sang de n'importe qui. Je me suis retourné, et le voilà qui était là!

– Le monstre? demanda tout le monde.

– Oui, le monstre! Ce Géant Poilu! Il se tenait là, grand comme un arbre, devant mon chariot, tenant Castor et Pollux sous chacun de ses bras.
– C'est là que moi, Jacques LaRue, ai tout compris! La renarde et le corbeau me distrayaient pendant que le Géant Poilu essayait de voler mes bœufs!

Tout le monde était silencieux tandis que Jacques prenait une pause.

– Alors, qu'avez-vous fait? demanda enfin Adrien Meunier.

– Ce que j'ai fait? Eh bien, j'ai regardé le Géant Poilu droit dans les yeux et déclaré : « Personne ne vole Jacques LaRue! Redonnez-moi mes bœufs, Monsieur le monstre! »

– Il m'a toisé et a lâché un grognement. Puis, il s'est mis à courir, toujours avec mes bœufs!
– Et tu as couru dans l'autre direction, n'est-ce pas LaRue? cria un homme dans le fond de la salle.

Le café se remplit de rires.

– Non, non! répondit LaRue. J'ai chassé le Géant Poilu jusqu'en haut de la montagne!

– Finalement, le monstre était coincé. Il a déposé Castor et Pollux et m'a fait face. « Tu aurais dû détaler, Monsieur le monstre! Je suis Jacques LaRue, l'homme le plus fort des Cantons-de-l'Est! » C'est ce que je lui ai dit, à ce Géant Poilu.

LaRue ferma les yeux et se rassit dans sa chaise en se remémorant sa rencontre avec le monstre.

– Le Géant Poilu, toutefois, n'avait pas peur de moi, et pour démontrer sa bravoure et sa force, il ramassa une grosse roche et la lança dans ma direction!

Tout l'auditoire eut le souffle coupé.

– Qu'as-tu fait, LaRue?
– Ce que j'ai fait? Je suis resté là et j'ai brandi le poing vers le Géant Poilu. « Vous devrez faire mieux que ça, Monsieur le monstre! »

Les yeux de Jacques LaRue se fermèrent de nouveau et il s'arrêta un instant. Dans le café, tout le monde se rapprocha pour ne pas manquer un mot.

– Le monstre s'est tourné vers moi, et a ouvert la bouche. Il s'est mis à parler!
– Jacques LaRue! Je t'ai dit d'arrêter de glander avec tes grandes histoires de géants forestiers, de renards fantomatiques et de corbeau croassant. Allez, lève ton derrière, va dehors et ramène-moi du bois de chauffage!

Tout le monde rit dans le café tandis que Jacques LaRue ouvrait les yeux sur sa femme, Séraphine, debout devant lui.

– Aujourd'hui, LaRue! continua-t-elle en pointant la porte avec sa cuillère dégoulinant de pâte à crêpe sur le plancher.
– Mais le Géant Poilu! plaida Jacques.

– Prends ton chien Hugo avec toi. Il éloignera ce monstre, s'il y en a bien un!

Séraphine pointait toujours la porte. Sachant qu'il ne pourrait se passer de souper, Jacques LaRue se dirigea vers la porte.

Séraphine se tourna vers le reste de l'assemblée. Les magasins et les fermes ne vont pas fonctionner tous seuls. Assez d'histoires pour aujourd'hui. Je dois commencer mon ménage.

– Oui, Madame LaRue.
– Au revoir, Madame LaRue.

Sur ce, l'auditoire de Jacques LaRue le suivit dehors.

CHAPITRE 4

La devinette du Géant Poilu

Adrien regarda Isala avec déception.
– Je n'ai pas entendu ce que le monstre a dit!
– Il y avait trop de rires. Moi non plus, je n'ai pas entendu ce que Monsieur LaRue a dit à la fin de l'histoire, répondit Isala.

Flora se serrait contre Tante Victorine.

– C'était épeurant cette histoire.

Tante Victorine essuya une goutte de sirop d'érable sur le menton de Flora.

– Ne t'inquiète pas, ma chérie, aucun monstre ne va t'attraper. Tu es trop espiègle pour qu'un monstre te garde dans sa grotte! Tu le rendrais fou avec toutes tes espiègleries!

Loyola était sceptique.

– Ça n'a pas d'importance de toute façon, Adrien, Monsieur LaRue est connu pour ses histoires. C'était l'une de ses meilleures, par contre.

Adrien continua de regarder LaRue à travers la fenêtre du café.

– Mais nous ne savons pas tout, Loyola. Le Mont-Orford est très vieux, et parfois, quand le soleil se couche derrière, on peut voir quelque chose, juste quelques secondes. Qui sait qui ou quoi s'y cache depuis toutes ces années, avant que les gens n'arrivent ici?

Loyola rit.

– Tu ne trouveras rien sur les monstres dans les livres de science que tu aimes lire, Adrien! Peut-être devrais-tu lire plus de récits d'aventures de Jules Verne ou de H. G. Wells à la place!

Adrien Meunier se leva soudainement de son tabouret et se mit à courir après LaRue.

– Adrien! Où vas-tu comme ça? cria Tante Victorine.

– J'ai besoin de savoir ce qu'il a dit, Tante Victorine!

Adrien était dehors avant que Tante Victorine puisse lui demander autre chose.

Dehors, Adrien rattrapa Jacques LaRue et tira sa veste.

– Monsieur LaRue, s'il vous plaît, attendez un instant.
– Si ce n'est pas le jeune Monsieur Meunier! Viens-tu avec moi dans la forêt? demanda Jacques en souriant au garçon.
– Non, enfin, pas tout de suite, mais j'aimerais savoir : qu'est-ce que le Géant Poilu vous a dit sur la montagne?
– Ce qu'il a dit? Ah oui, je m'en souviens maintenant. Je n'ai pas compris. Je pense que c'était une devinette, ou peut-être que le Géant Poilu essayait de me jouer un autre tour.
– Mais qu'est-ce qu'il a dit, Monsieur LaRue?

Jacques LaRue s'arrêta un instant et regarda en direction du Mont-Orford. Puis, il se tourna vers Adrien Meunier.

– La voix du monstre était douce comme un murmure d'enfant, pourtant ses mots faisaient écho autour de la montagne, comme un lointain tonnerre. Il m'a regardé droit dans les yeux, le Géant Poilu, et m'a dit « *Je suis le père et l'enfant de ce territoire.* »

– *Je suis le père et l'enfant de ce territoire?* demanda un Adrien confus.

LaRue haussa les épaules.

– Tu vois, c'est une étrange devinette. Tu es un garçon brillant, Adrien. Je suis sûr que tu comprendras. Pour ma part, je dois aller à la montagne chercher du bois, sinon je n'aurai pas de souper.

Sur ce, Jacques LaRue continua son chemin vers le Mont-Orford.

Le reste de la famille Meunier rattrapa Adrien au moment où Jacques LaRue commençait à s'éloigner. Tante Victorine enroula son bras autour des épaules d'Adrien et lui sourit avec sympathie.

– As-tu eu les réponses que tu cherchais, Adrien?

FLEURS

Adrien porta de nouveau son regard vers le Mont-Orford. Les arbres sans feuilles semblaient gris et bruns même si le soleil du matin était assez haut pour illuminer la montagne. Un seul nuage entourait le sommet.

Adrien se retourna vers Tante Victorine.

– J'ai eu une réponse, Tante Victorine, mais elle ne mène qu'à davantage de questions.

Tante Victorine se détourna d'Adrien et regarda le Mont-Orford.

– Petite fille, je me demandais souvent ce qu'il y avait là-haut. Peut-être que l'année prochaine, toi et moi pourrions aller voir par nous-mêmes ce qu'il y a à découvrir.

Puis, elle regarda Adrien et lui sourit.

– À mesure qu'on grandit, Adrien, c'est une bénédiction d'avoir encore quelques mystères à contempler. Chéris bien celui-là.

MIKCHEECH ET PUKU'KOWIJ APPRENNENT QUELQUE CHOSE DE NOUVEAU

CHAPITRE 1

Samedi matin, 1er novembre 1902

C'est la fin de semaine de la Toussaint et les gens de Saint-Honoré, au Québec, sont d'humeur festive. Tout le monde s'est rassemblé sur le champ de foire de Saint-Honoré pour le Festival des récoltes. Comme toujours, le Maire Louis D'Arcy se réjouissait d'être le centre de l'attention.

– Bonnes gens de Saint-Honoré! Nous savons que la neige est à nos portes, mais nous ne penserons pas à la neige aujourd'hui. Nous célébrerons plutôt les récoltes abondantes.

Tout le monde applaudit.

– Bienvenue au Festival annuel des récoltes de Saint-Honoré!

Pendant que le maire D'Arcy parlait, les enfants Meunier aidaient leur père Elphage à emmener les animaux de la Troupe de Sabots pour les placer dans un box. Jacques LaRue était déjà dans le box en train d'installer ses propres animaux.

LaRue marcha vers Elphage et lui serra la main.

– Elphage, mon cher ami, comment vas-tu? Prévois-tu te réessayer au lancer de la hache cette année?
– Bonjour, Jacques, oui, je vais lancer aujourd'hui, répondit Elphage. Mais je ne pense pas qu'aucun de nous deux n'ait une chance contre Père Renaud.

LaRue rit.

- Tu es un homme bon, Elphage, mais je suis encore l'homme le plus fort des Cantons-de-l'Est. Tu verras.

Sur ce, LaRue sortit du box pour rejoindre la foule qui écoutait le maire D'Arcy.

Loyola se tourna vers son père tandis que les Meunier s'éloignaient du box.

- Pensez-vous que je peux m'essayer au lancer de la hache cette année, Papa?
- Oui, pourquoi pas? Mais sache que Père Renaud semble gagner à tout coup.
- Peut-être qu'il aurait dû être bûcheron comme monsieur LaRue, au lieu d'être prêtre, dit Adrien.
- Ou alors, imaginez monsieur LaRue en prêtre! Ses homélies auraient été remplies de fables de monstres, rit Loyola.
-

– Les garçons, un peu de respect, réprimanda gentiment Delia Meunier.

Pendant ce temps, le maire D'Arcy continuait de s'adresser à la foule.

– Cette année, en plus des activités habituelles comme le lancer de la hache, la bûche roulante et le concours de la vache de l'année, nous aurons une partie de tir à la corde des animaux de ferme.
– Nos animaux de ferme seront prêts, Monsieur le Maire! cria Jacques LaRue.
– Est-ce que tu vas aussi faire les tartes aux pommes, LaRue? demanda quelqu'un dans la foule.

LaRue allait répondre, mais le maire d'Arcy le coupa.

– Oh, oui, c'est vrai, merci de me le rappeler. Cette année encore, nous aurons l'événement favori de tous : le concours de tartes aux pommes!

Tout le monde applaudit de nouveau. Le maire D'Arcy continua son discours.

– Et ce soir, nous aurons le bal pour les jeunes du village.

Isala se tourna pour chuchoter dans l'oreille de son frère Loyola.

– As-tu finalement réussi à inviter une des jumelles LaRue pour ce soir?

Loyola rougit en jetant un coup d'œil aux charmantes jumelles LaRue qui accompagnaient leurs parents, Jacques et Séraphine.

– Pas exactement. Elles ont dit qu'elles m'accorderaient une danse, mais je dois quand même deviner laquelle est Gaëlle et laquelle est Maëlle!
– Eh bien, espérons que tu n'auras pas à laver la vaisselle au Café du Papillon pour t'être trompé! rigola Isala.
– Et toi, avec qui y vas-tu Isala? répondit Loyola. Peut-être que je peux demander à un de mes amis d'y aller avec toi?

- Je n'ai pas besoin de ton aide pour trouver un cavalier, Loyola.

Isala fit la moue tandis que la conversation se tournait vers elle.

Loyola sentit qu'il avait désormais l'avantage.

- Alors, pourquoi penses-tu que j'aie besoin de ton aide?
- Parce que je suis la grande sœur! La voix d'Isala s'éleva au-dessus du chuchotement.

Elphage se tourna vers ses deux enfants.

- Chut, vous deux, le maire est encore en train de parler.

Le maire D'Arcy se racla la gorge à l'interruption, puis continua.

– Finalement, demain matin, j'annoncerai la Famille de l'année de Saint-Honoré. Mais d'abord, Père Renaud de Notre-Dame-des-Neiges-Perpétuelles nous accompagnera en prière.

Juste au moment où Père Roland Renaud faisait son chemin jusqu'au podium, les anciens animaux farceurs Puku'kowij l'Orignal et Mikcheech la Tortue sortirent de la forêt, à l'orée du champ de foire.

Puku'kowij l'Orignal parla à son oncle qui était assis sur son dos.

– Je me demande pourquoi les *habitants* se sont rassemblés, Oncle Mikcheech?

– Je n'en sais rien, Neveu Puku'kowij, mais je sais pourquoi nous sommes là. Muin et Azeban sont venus à nous avec d'étranges histoires sur la façon dont les *habitants* avaient changé au cours des deux cents ans où nous sommes partis. Nous sommes venus voir par nous-mêmes ce qu'il en était.

– Regarde, mon Oncle, je pense que les habitants s'apprêtent à prier.

Tout le monde inclina la tête; Père Renaud commença :

– *Notre Père qui est aux cieux, qui pour l'amour de nous, a créé cette terre magnifique pour que nous y vivions, aidez-nous à remplir nos cœurs de reconnaissance pour son abondance et sa beauté magnifiques. À l'hiver qui s'en vient, donnez-nous le courage d'aider notre prochain dans le besoin, d'être indulgents et patients, d'écouter attentivement les aînés, et de chérir et de prendre soin des jeunes. Bénis les bonnes gens de Saint-Honoré et donnez-nous la force pendant que nous attendons le retour du printemps. Nous demandons tout ceci au nom de notre Seigneur, Jésus, amen.*

– Je le savais! s'exclama Mikcheech la Tortue. Je trouvais que Muin et Azeban exagéraient lorsqu'ils ont dit que tout était différent maintenant, après notre absence de deux cents ans. Mais regarde bien autour, neveu. Je pense que les *habitants* se préparent aux jeux et au festin, exactement comme avant.

– Je n'en suis pas si sûr, mon Oncle.

– Ne les as-tu pas entendus remercier le Créateur, Neveu Puku'kowij? C'est ainsi que les habitants autrefois commençaient leurs célébrations.

– Oui, je les ai entendus remercier le Créateur, comme il se doit, mon Oncle. Mais ça ne veut pas dire que tout est pareil. Nous avons été absents pendant deux cents ans. Peut-être devrions-nous observer et nous verrons bien.

CHAPITRE 2

Le lancer de la hache

Sur le champ de foire, le maire D'Arcy se préparait à donner le feu vert à la première activité.

– Notre première compétition est le lancer de la hache. Les lanceurs se tiendront devant une cible peinte sur une planche de bois, environ vingt pieds plus loin.

– Le maire se tourna vers le groupe d'hommes qui se tenait à côté d'une souche sur laquelle reposaient des haches.

– Elphage Meunier lance en premier, suivi par son fils Loyola.

– Vas-y Elphage, tu es le meilleur! dit Delia pour l'encourager.

Elphage lança la hache, et bien qu'elle atteint le mur, elle manqua complètement sa cible.

- C'était mieux que l'année dernière, Elphage, dit Delia.
- Regarde, Maman! Loyola va lancer! Vas-y Loyola! cria Isala.

Loyola prit une hache et la lança maladroitement vers la cible. Sa hache passa par-dessus le mur et atterrit sur le sol, derrière la cible.

- Oh, Papa, dit un Loyola abattu.
- Dis-toi, Loyola, répondit Elphage en souriant, qu'avec un peu de pratique, tu seras aussi bon que moi.
- Émile Archambault le pâtissier est notre prochain lanceur, annonça le maire D'Arcy.

La hache d'Émile Archambault se planta sur le cercle extérieur de la cible.

Mikcheech et Puku'kowij continuaient de regarder les hommes lancer leur hache tour à tour.

- Je me souviens des habitants qui jouaient à ce jeu, Neveu Puku'kowij! observa Mikcheech. Tu vois, je te l'avais dit, les choses n'ont pas beaucoup changé. Je vais essayer de lancer une hache, Neveu!
- Peut-être devrions-nous seulement regarder, mon Oncle, suggéra Puku'kowij.

Mais Mikcheech descendit de son dos et commença à ramper jusqu'à la souche avec les haches.

- Mon Oncle, revenez! Je ne veux pas que vous vous blessiez. Et puis, c'est une longue trotte pour vous jusqu'aux haches.
- Neveu, ça va aller! Regarde-moi tirer dans le mille.

Tandis que Mikcheech s'approchait de plus en plus des haches appuyées contre la souche, les autres hommes continuaient de lancer tour à tour. Le lancer de maire D'Arcy n'atteint même pas la planche. Jean Bénéat l'épicier laissa la hache lui glisser de ses mains; elle atterrit derrière lui. Le lancer du champion de l'année dernière, Père Roland Renaud, atteint la cible presque dans le mille.

Le maire se tourna vers Jacques LaRue.

- C'est à ton tour, LaRue. Tu représentes la dernière chance de détrôner Père Renaud comme champion du lancer de la hache cette année.
- Vous verrez, Monsieur le Maire, qu'un LaRue gagnera cette année.

LaRue lança sa hache, qui atteint aussi la cible près du centre de la cible.

- C'est très serré entre Jacques LaRue et Père Renaud! cria le maire D'Arcy. Nous devrons nous approcher de la cible pour déterminer un vainqueur.

– Attendez! cria Mikcheech. Je viens d'arriver, et je n'ai pas lancé de hache encore!

Mikcheech agrippa une hache sur le sol, essayant de la déplacer. Personne ne l'avait entendu, puisque tout le monde était parti vers la cible.

– Merci pour la hache, tortue! dit une jeune femme en baissant soudainement sa main pour attraper la hache sous les yeux de Mikcheech.

Mikcheech leva la tête et vit la jeune femme s'éloigner avec sa hache.

– Je m'en allais lancer cette hache, jeune femme. Maintenant, je dois trouver une autre hache à lancer.

Pendant ce temps, les hommes se rassemblèrent autour de la cible. Jacques LaRue se tourna vers Elphage Meunier et pointa sa hache enfoncée dans la cible.

– Tu es un homme bien. Elphage, mais comme tu peux le voir, je suis encore l'homme le plus fort, non?

Mais juste au moment où LaRue finissait sa phrase, une hache fila entre les hommes et atteint la cible en plein dans le mille. En sursaut, les hommes se retournèrent et virent la fille de Jacques LaRue, Gaëlle, qui se tenait là les mains sur les hanches et affichant un sourire satisfait.

- Parfois, la ruse d'une femme l'emporte sur la force d'un homme, Papa.
- Ciel! On dirait bien que c'est Gaëlle LaRue qui gagne! s'exclama le maire D'Arcy, sous le choc.

LaRue se tourna vers la foule.

- Vous voyez! Je vous l'avais dit qu'une LaRue gagnerait cette année!

Jacques LaRue vit la nouvelle notoriété de Gaëlle avec une hache comme une belle occasion de trouver un futur gendre. Il la prit par la main et marcha vers quelques jeunes hommes qui regardaient la compétition.

– N'est-ce pas que ma fille fera une bonne épouse? Elle est forte, tout comme son papa.

Les jeunes hommes, toutefois, s'éloignèrent de Gaëlle.

Non loin de là, Mikcheech trouva finalement une autre hache et essaya de la bouger avec ses griffes avant.

– Il doit y avoir de la magie puissante sur cette hache qui m'empêche de la soulever, Neveu.

– Attendez, mon Oncle, ne vous inquiétez pas de cette hache. Regardez qui marche vers nous : deux enfants d'Ancienne Grand-mère!
– Oh oui, répondit Mikcheech. Je me souviens d'Ancienne Grand-mère. Elle était cette fille espiègle, Miteouamigoukoue, qui ne cessait de faire des empreintes de pieds partout sur le bord de mon bel étang. Elle faisait des allers-retours. Empreintes ici, empreintes là. Elle regardait toujours en dessous des roches et tapotait partout avec un bâton. Elle a remué tout l'étang avec son désordre.

Il grogna doucement.

– Je ne comprends toujours pas pourquoi Muin lui a donné un nom pareil. Ancienne Grand-mère…

Mikcheech s'arrêta un instant et regarda les enfants s'approcher. Il se tourna ensuite vers Puku'kowij, la larme à l'œil.

– Je m'ennuie de Miteouamigoukoue, Neveu, et de ses espiègleries.

Il regarda de nouveau les enfants.

C'est ce qui arrive quand on vieillit, Neveu. Les *habitants* que tu connaissais et aimais partent aux feux de camp dans le ciel.

– Ne soyez pas triste, mon oncle. Ancienne Grand-mère est peut-être partie, mais ses enfants sont toujours là.

Puku'kowij venait à peine de finir sa phrase que le garçon et la fille se sont arrêtés devant eux. La fille tira le manteau de son frère.

– Regard, Adrien! Une petite tortue à côté de l'orignal!
– Oublie la tortue, Flora! L'orignal est énorme! dit le garçon à sa sœur.

Une Flora tout sourire s'approcha et essaya d'enlacer une des jambes avant de Puku'kowij.

– Bonjour, grand orignal!

Le garçon se tourna vers Puku'kowij.

– Nous sommes de la famille Meunier. Je m'appelle Adrien. Et voici ma sœur Flora.

Puku'kowij regarda les enfants gaiement.

– Oh oui, nous savons qui vous êtes. Vous êtes les enfants d'Ancienne Grand-mère! Nous nous souvenons d'elle aussi. Je m'appelle Puku'kowij et voici mon oncle Mikcheech.
– Qui est Ancienne Grand-mère? demanda confusément Adrien.
– Tu ne sais pas qui est Ancienne Grand-mère? Eh bien, c'est votre—

Flora interrompit Puku'kowij avant qu'il puisse finir.

– Bonjour petite tortue! Êtes-vous perdue?

Flora était à genoux et regardait Mikcheech droit dans les yeux.

Mikcheech retourna le regard de Flora.

– Je suis Mikcheech, petite, et tu es sur mon chemin. Ne vois-tu pas que je m'apprête à lancer cette hache? Je ne veux pas te blesser pendant mon lancer.

Flora se tourna vers son frère.

– Je pense qu'il a besoin d'eau, Adrien. Les tortues sont censées être dans un étang.

Mikcheech protesta.

– Non, non, je suis censé lancer une hache!

Adrien se pencha pour regarder Mikcheech.

– Je pense que le lancer de la hache est terminé, Monsieur Tortue. Tout le monde est parti à l'étang où la compétition de bûche roulante a lieu. Peut-être devriez-vous aller là-bas?
– Je vais vous aider à aller à l'étang, petite tortue!

Sur ce, Flora se releva et prit Mikcheech par la carapace et commença à marcher avec lui jusqu'à l'étang.

– Père Renaud dit que nous devons aider notre prochain dans le besoin, petite tortue.
– Pose-moi, petite! Je n'ai pas besoin de ton aide!

Mikcheech essaya d'agiter ses petites pattes pour s'enfuir, sans succès.

– Ne vous inquiétez pas, tortue, l'étang est tout près, dit Flora en continuant de transporter un Mikcheech gigotant jusqu'à l'étang.

Mikcheech changea de tactique.

– Neveu Puku'kowij! Fais quelque chose! Qu'elle me repose par terre!

Puku'kowij sourit à Mikcheech.

– Mon Oncle, je vous ai transporté toute la journée. C'est bien d'avoir quelqu'un d'autre pour le faire. Je profite de la pause bien méritée!

Puku'kowij se tourna vers Flora.

– Sois douce avec mon oncle, ma petite, mais ne laisse pas son gigotement te duper. Il adore l'eau!

Flora et Mikcheech atteignirent le bord de l'étang, Adrien et Puku'kowij les suivant de près.

– Voilà tortue, un bel étang pour vous.

Flora déposa doucement Mikcheech dans l'étang.

Mikcheech se retourna immédiatement pour réprimander Flora.

– Tu es une enfant espiègle, tout comme ton Ancienne Grand-mère.
– J'essayais seulement de vous aider, petite tortue.

Flora avait l'air d'être au bord des larmes.

Mikcheech s'adoucit en voyant les yeux pleins d'eau de Flora, et soupira.

– Ne pleure pas, petite. Je suis désolé de m'être emporté. Tu es bien bonne d'avoir voulu m'aider. Mais tu dois apprendre à écouter tes aînés.

Il rampa hors de l'étang et revint à côté de Puku'kowij.

– Mon Oncle, regardez! Les habitants commencent une autre compétition, juste ici dans l'étang.

Puku'kowij pointa un sabot vers un groupe de personnes rassemblées au bord de l'étang.

Mikcheech se retourna ct vit quatre hommes qui se tenaient debout sur un billot de bois dans l'étang.

– Effectivement, Puku'kowij. Je ne suis pas certain de ce que les *habitants* font, mais si ça se passe dans un étang, c'est un jeu que je vais gagner à coup sûr!

CHAPITRE 3

Jacques LaRue et la tortue

Mikcheech et Puku'kowij se tenaient au bord de l'étang et regardaient quatre hommes, dont Jacques LaRue, faire rouler le billot de bois avec leurs pieds en essayant de faire tomber les autres du rondin. Mikcheech regarda Puku'kowij.

– Ça m'a l'air bien amusant, Neveu!
– Oui, mon Oncle! Je pense que l'homme bâti nommé Jacques LaRue va gagner.

Un par un, Jacques LaRue fit tomber ses compétiteurs dans l'eau.

- Tu sais, Neveu, je m'assois sur des rondins depuis que la Grande Glace a fondu. Je peux battre ce LaRue.
- Je ne sais pas si être assis sur un billot et faire tourner un billot sont comparables, mon Oncle.

Le maire D'Arcy allait déclarer Jacques LaRue vainqueur lorsque Mikcheech plongea dans l'eau et nagea jusqu'au billot de LaRue.

- Tu n'as pas encore gagné, LaRue!

Puku'kowij s'alarma lorsque Mikcheech s'embarqua dans ce nouveau défi.

- Oncle Mikcheech! Revenez! Vous n'allez que vous attirer des ennuis.

Sur le rondin, Mikcheech la Tortue regarda Jacques LaRue droit dans les yeux.

– Je te mets au défi, Jacques LaRue! Tu nageras bientôt parmi les poissons.

La foule eut le souffle coupé de voir la tortue téméraire se tenir sur le billot et pointer une griffe vers LaRue. Une femme pointa Mikcheech :

– Regardez tout le monde! C'est la tortue qui voulait lancer une hache, maintenant, elle veut se mesurer à LaRue!
– Tu n'as même pas pu vaincre un géant de la forêt, LaRue! cria quelqu'un d'autre. Es-tu sûr que tu peux battre une tortue?

La foule éclata de rire.

LaRue se tourna vers la foule.

– Qui a envoyé cette tortue ici? Est-ce une blague?

Mikcheech fit face à la foule.

– Je suis Mikcheech la Tortue, et puisque je n'ai pas pu lancer une hache, je demande la chance de battre LaRue sur le billot!

– Laissez la tortue défier LaRue! Ce n'est que justice, insista une femme dans la foule.
– Tu as été mis au défi, LaRue, déclara un maire D'Arcy souriant. Acceptes-tu le défi, ou déclares-tu forfait?

Le maire se réjouissait de voir LaRue inconfortable et confus.

– Nous verrons cela, Monsieur le Maire! Jacques regarda ensuite Mikcheech et rit. Petite tortue, je suis l'homme le plus fort. Vous devriez retourner à votre propre étang.

Mikcheech répondit avec moquerie.

– Je suis peut-être petit, LaRue, mais j'en mène large. Baisse ton nez appétissant et je te montrerai. Dans tous les cas, je vais te faire tomber du billot!

– C'est le temps de te faire pousser des ailes, tortue!

Sur ce, Jacques commença à faire rouler le billot.

– C'est amusant! cria Mikcheech en riant.

Peu importe à quelle vitesse Jacques LaRue faisait rouler le billot, Mikcheech s'accrochait.

– Comment se fait-il que vous soyez toujours sur le rondin, tortue? demanda LaRue, surpris.

Mikcheech leva une de ses pattes avant vers LaRue.

– Mes griffes, LaRue. Je peux les enfoncer dans le billot et y rester aussi longtemps que je le souhaite. Allez, fais-moi tourner encore un peu, c'est plaisant!
– Mon Oncle, je pense que vous avez bien performé. Allons-nous-en avant d'avoir des ennuis, implora Puku'kowij.
– Mais les *habitants* m'encouragent, Neveu!

LaRue se frustrait puisque, en effet, la foule encourageait Mikcheech plutôt que lui.

– Accroche-toi, petite tortue! dit un des hommes que LaRue avait fait tomber du billot plus tôt.
– Personne n'a jamais tenu aussi longtemps sur le rondin contre Monsieur LaRue! cria un autre homme qui regardait à partir de la rive.

Perdre la faveur de la foule rendit LaRue encore plus déterminé à ne pas perdre contre Mikcheech.

– Nous verrons si c'est encore amusant, tortue, quand moi, Jacques LaRue, vous aurez envoyé en vol plané dans les airs.

LaRue reprit sa course sur le rondin pour essayer de faire tomber Mikcheech.

Après quelques minutes supplémentaires, LaRue, essoufflé, tenta de gagner par les mots.

– Êtes-vous prêt à abandonner, tortue? Vous devez commencer à vous fatiguer!

Mais Mikcheech ne fit que narguer en retour.

– Continue à courir, LaRue!

LaRue décida de passer le flambeau à Mikcheech.

– Alors, chère tortue fanfaronne, vous vous êtes assez amusée. C'est mon tour maintenant. Voyons voir si vous pouvez me faire tomber.
– L'eau est froide, LaRue, comme tu le verras bientôt!

Sur ce, Mikcheech se tint sur ses pattes arrière et essaya de faire rouler le billot. Mais peu importe ses efforts, Mikcheech ne pouvait le faire bouger d'un poil.

– Tu es chanceux, LaRue, une magie puissante sur le billot m'empêche de t'envoyer dans l'eau!

LaRue et Mikcheech se regardèrent, chacun à une extrémité du billot, épuisés.

– On dirait bien que nous avons un match nul! s'exclama le maire D'Arcy. Sauf si l'un de vous ne déclare forfait…
– Quoi? Moi, Jacques LaRue, l'homme le plus fort de tous les Cantons-de-l'Est, ne déclarerait jamais forfait contre une petite tortue.

Mikcheech conserva lui aussi son air de défi.

– Puisque tu ne me donnes pas ton nez à mordre, voyons voir quel goût a ton gros orteil.

Et Mikcheech essaya de mordre le bout de la botte de Jacques LaRue.

– Mordre est contre les règles, tortue! coupa le maire D'Arcy. Cela signifie que tu déclares forfait, et que Jacques LaRue l'emporte!

La foule se mit à rire.

– La tortue a triché!
– Quoi? Non, non! Je vais faire tomber LaRue! Vous verrez!

Mikcheech se remit en position et essaya de faire rouler le billot, sans succès. Les tentatives frénétiques de Mikcheech pour faire tourner le billot ne firent que faire rire la foule encore plus fort.

– Retournons à la maison, mon Oncle.

Puku'kowij l'Orignal leva ses deux pattes avant et se propulsa sur une extrémité du billot, ce qui envoya Mikcheech et LaRue en vol plané. LaRue retomba le premier dans l'eau, et Mikcheech atterrit sur la tête de LaRue.

– Regarde-moi, Neveu! Je suis dans un nid!

Mikcheech tapota gentiment le dessus de la tête de LaRue.

– Tu vois, je te l'avais dit, LaRue! Comment trouves-tu l'eau?

Tout le monde éclata de rire à la vue de LaRue, assis dans l'eau avec une tortue sur la tête. D'abord, LaRue resta assis à regarder la foule, mais l'hilarité générale le gagna enfin.

– Rentrez chez vous, tortue. Je vous battrai de nouveau l'année prochaine.

Mikcheech regarda les habitants qui riaient et dit tout bas :

– Peut-être, LaRue, peut-être.
– C'est le temps d'y aller, mon Oncle.
– J'imagine qu'il est temps, Neveu, soupira Mikcheech.

Sur ces paroles, Mikcheech sauta sur le dos de Puku'kowij et ensemble ils disparurent dans la forêt.

CHAPITRE 4

Discussion en chemin vers le Mont-Orford

Mikcheech et Puku'kowij marchèrent en route pour le Mont-Orford pour le rendez-vous des animaux farceurs au sommet de la montagne. La montagne se soustrayait périodiquement à la vue entre les arbres pendant qu'ils marchaient.

Puku'kowij fut le premier à briser le silence.

– Je pense, mon Oncle, que Muin et Azeban ont raison. Les habitants ont changé pendant notre absence, et peut-être le changement est-il une bonne chose.

Mikcheech grogna en guise d'assentiment, et un instant plus tard, émit un soupir.

– Tu dois avoir honte de moi, Neveu.
– Pourquoi dites-vous cela, mon Oncle?
– Je ne pouvais pas lancer la hache.
– C'est vrai, mon Oncle.
– Je ne pouvais pas faire tomber LaRue du billot.
– Eh bien, c'est ce que je pensais qui arriverait, mon Oncle.

Puku'kowij s'arrêta un instant sur le sentier et tourna sa tête vers Mikcheech.

– Après tout, vous êtes une tortue, et les tortues ne peuvent lancer de haches ni faire tomber les gens de billots. Mais elles mordent!
– Mais je suis Mikcheech la Tortue, dit-il, indigné.

Puku'kowij rit en redirigeant sa tête vers l'avant pour continuer à marcher sur le sentier.

– Oui, vous êtes Mikcheech la Tortue, et je suis Puku'kowij l'Orignal, et je ne suis pas une vache!

Il rit de sa propre blague.

Mikcheech commençait à se sentir impatient.

– Tu ne devrais pas rire, Neveu. Dans le temps, je pouvais lutter avec Grand-père Charles pour deux jours et deux nuits sans arrêt.
– Ce n'est pas exactement ainsi que je m'en souviens, mais continucz.
– Et pourtant, continua Mikcheech, exaspéré, cette petite fille, une des filles de cette enfant espiègle Miteouamigoukoue, m'a ramassé comme un caillou et m'a transporté jusqu'à cet étang.

– Elle pensait vous aider, mon Oncle. Vous avez inspiré un acte de gentillesse chez un être humain, n'est-ce pas ce que le Créateur nous a demandé de faire? Et puis, elle était si adorable!

Mikcheech répondit par un grognement, mais se tut. La paire continua son chemin quelques minutes avant que Mikcheech reprenne la parole.

– N'en as-tu pas ras le bol de mes histoires, Neveu Puku'kowij? Je radote sans cesse.
– C'est vrai, mon Oncle, et j'apprends quelque chose de neuf à chaque fois.
– Mais je me mets toujours les pieds dans les plats et tu dois m'en sortir, Neveu Puku'kowij! Tu dois être fatigué de cela.
– Oui, nous avons des aventures épiques ensemble, Oncle Mikcheech! Les habitants parleront de nous des années durant.
– Arrête-toi là, Neveu.

Puku'kowij s'arrêta et tourna sa tête vers l'arrière pour regarder Mikcheech.

– J'ai quelque chose à te demander, Neveu Puku'kowij.
– Quoi donc, Oncle Mikcheech?
– Laisseras-tu donc à un vieux comme moi la dignité de m'apitoyer sur mon sort?

– Non, mon Oncle, je ne vous laisserai pas, répondit Puku'kowij fermement. Oui, vous êtes vieux et c'est merveilleux! Vous êtes le deuxième être créé après que le Créateur a dansé le *monde* pour lui donner la vie.
– Mais écoute-moi, coupa Mikcheech.
– Laissez-moi terminer, mon Oncle. J'ai seulement 5 763 ans! Je suis un enfant, et j'ai tant appris de vous. Je ne vais jamais me fatiguer de vos histoires sur comment la Grande Glace a recouvert les montagnes lorsque le *monde* était jeune, et comment toi et ton frère, mon père, avez apporté le feu et l'eau aux *habitants* lorsqu'ils se sont aventurés sur ces terres pour la première fois.

Puku'kowij retourna sa tête vers l'avant et continua à marcher.

– Eh bien, je...

Mikcheech était plus calme désormais.

Puku'kowij s'arrêta encore et tourna sa tête vers Mikcheech.

– Les *habitants* n'auraient pas survécu sans vous et votre frère. Vous avez enseigné des histoires à raconter à leurs enfants, vous leur avez montré à être bons, et vous leur avez montré à prendre soin d'eux-mêmes et les uns des autres.

Puku'kowij et Mikcheech se regardèrent en silence un instant avant que Puku'kowij ne continue.

– Je n'en ai rien à faire, mon Oncle, que vous ne puissiez pas lancer une hache ou faire tomber LaRue du billot. Vous êtes le meilleur oncle pour moi. J'aime nos aventures ensemble et j'aime vos histoires. Et, je vous aime, vous!

Sur ce, Puku'kowij se retourna et continua sa route vers le Mont-Orford.

– Neveu Puku'kowij… merci.
– Oncle Mikcheech, si je suis bon, c'est seulement parce que j'ai appris de vous.

La paire continua sa route sur le sentier en silence, et seul le bruit du vent dans les arbres sans feuilles les accompagnait.

Après avoir marché ainsi pendant quelque temps, Mikcheech reprit la parole.

– Donc, Neveu Puku'kowij, t'ai-je déjà raconté la fois où Grand-père Charles m'a défié à une partie de lutte?

– Non, Oncle Mikcheech, pas encore!

Puku'kowij s'arrêta pour regarder son oncle.

– Une histoire sera une manière formidable de passer le temps sur le chemin du retour.

Mikcheech sourit et commença son histoire.

– C'était dans le bon vieux temps, tous les *habitants* disaient que Grand-Père Charles était le meilleur lutteur, pas seulement du village, mais du *monde*. Tu l'apprendras bien vite, Neveu Puku'kowij, mais les *habitants* peuvent être de tels enfants fanfarons parfois. Bien entendu, je devais me rendre au village et rencontrer ce Grand-Père Charles par moi-même...

Et l'histoire se poursuivit, jusqu'au sommet du Mont-Orford.

Et comme chaque fois qu'Oncle Mikcheech racontait à nouveau l'histoire de la lutte avec Grand-Père Charles, Puku'kowij apprit quelque chose de nouveau.

SŒURS ET FRÈRES

CHAPITRE 1

Que faire des sœurs LaRue?

Samedi matin, 1er novembre 1902

Traversé d'eau, Jacques LaRue s'est extirpé de l'étang et s'est joint aux rires de la foule. C'était du jamais vu au Festival annuel des récoltes du village des Cantons-de-l'Est de Saint-Honoré : une tortue nommée Mikcheech avait mis au défi le grand Jacques LaRue dans une épreuve de bûche roulante qui s'était terminée par LaRue, assis dans l'eau, Mikcheech la tortue sur la tête.

Même Jacques LaRue, qui s'auto-proclamait « homme le plus fort de tous les Cantons-de-l'Est », reconnaissait l'absurdité de la situation. En outre, il connaissait assez bien ses voisins pour savoir qu'il valait mieux rire avec eux en espérant que l'incident soit vite oublié, plutôt que de s'indigner et de prolonger leurs moqueries.

Les jumelles LaRue, Gaëlle et Maëlle, coururent vers lui et l'embrassèrent sur les joues.

– Comme tu étais drôle, Papa! dit Gaëlle.

Maëlle rit.

– Notre brave père, défait par une mignonne petite tortue!

FESTIVAL ANNUEL
POMMES
1

– Un père et ses filles! s'exclama Séraphine LaRue, souriante tandis qu'elle marchait vers eux. Maintenant les filles, allez courir ailleurs. Papa et moi avons besoin de parler.
– Nous ne sommes pas dans le trouble, n'est-ce pas Maman?

Le regard quelque peu coupable de Gaëlle en disait autrement.

– Autant que je sache, non, répondit Séraphine. Y a-t-il quelque chose que je devrais savoir?
– Non, Maman! Nous sommes des anges. En tout cas, il n'y a rien que tu devrais savoir.

Maëlle fit un clin d'œil à sa mère et, éclatant de rire, attrapa la main de sa sœur.

– Allez Gaëlle, allons voir si nos animaux seront prêts pour le tir à la corde!

Sur ce, les sœurs LaRue s'éloignèrent vers le pavillon des animaux de ferme.

Séraphine LaRue regarda ses filles s'éloigner, puis se tourna vers son mari.

– Elles te ressemblent beaucoup, LaRue.

Elle posa la main sur l'épaule de son bûcheron de mari.

– Elles sont fortes, et elles ont le don de se mettre dans le trouble ou d'en causer, tout comme toi.
– Comme moi? Mais je ne me mets pas dans le trouble!

Les mains sur les hanches, le sourcil arqué, Séraphine le corrigea :

– LaRue. Dans le café, tu as raconté à tout le village un conte fantastique où tu t'enfuyais d'un géant de la forêt au Mont-Orford, et aujourd'hui, je te retrouve assis dans un étang, une tortue sur la tête.
– Oh, ma chère petite hache! dit LaRue en regardant le ciel et en invoquant les saints. Mais les filles, elles sont comme toi aussi! À l'intérieur, elles ont ton esprit têtu et passionné.

Séraphine LaRue soupira, puis se retourna pour regarder dans la direction où Gaëlle et Maëlle s'étaient éloignées.

– Oui, c'est vrai, et Saint-Honoré sera bientôt trop petit pour deux jeunes femmes aussi indépendantes et aventureuses.
– Je sais. On ne peut pas faire grandir un érable dans un pot pour toujours.

Il réfléchit un moment.

– C'est décidé alors? On déménage au printemps prochain?
– Je pense bien, LaRue, répondit Séraphine en accotant sa tête sur son mari.
– Je pense que les filles vont s'épanouir dans les grands espaces de l'Ouest, loin des règles étouffantes et des attentes raffinées de la civilisation.
– Et il y aura une pléthore de maris potentiels parmi lesquels choisir! Elles pourront chacune en prendre un qui les aime et les chérit pour qui elles sont, au lieu de les forcer à être ce qu'elles ne sont pas.

Séraphine regarda son mari avec perplexité.

– Alors tu comprends vraiment, LaRue, combien nos filles sont différentes des autres?
– Je ne souhaite que le meilleur pour Gaëlle et Maëlle. Au printemps prochain, les LaRue déménagent à Whitehorse!

Il parlait un peu plus fort que nécessaire.

– Whitehorse! s'exclama soudainement une jeune fille.

Jacques et Séraphine se retournèrent et virent l'amie de Gaëlle et Maëlle, Isala Meunier.

– Isala, depuis combien de temps es-tu là à nous écouter?

Jacques était préoccupé, mais pas fâché.

– Personne n'est supposé le savoir encore.
– Je suis désolée, Monsieur et Madame LaRue, je ne voulais pas vous espionner, je cherchais Gaëlle et Maëlle. Est-ce vrai? Vous déménagez à Whitehorse? Pourquoi? demanda-t-elle en les regardant.
– Viens ici, ma chérie.

Séraphine tendit les mains vers Isala qui se réfugia dans ses bras.

– Oui, c'est vrai, et pour plusieurs raisons.

– Séraphine recula un peu pour pouvoir regarder Isala dans les yeux.
– Mais ces raisons ne sont pas aussi importantes que ce que tu peux faire pour Gaëlle et Maëlle.
– Est-ce qu'elles sont au courant?
– Pas encore. Nous voulons leur dire nous-même, seulement après le Festival des récoltes.
– Pourquoi?
– Eh bien, nous ne savons pas comment Gaëlle et Maëlle vont réagir au déménagement. Seront-elles fâchées? Heureuses de commencer une nouvelle aventure? Ça ne me surprendrait pas qu'elles ressentent les deux en même temps.
– Nous voulons qu'elles profitent du festival sans s'inquiéter, expliqua Jacques LaRue.
– Voilà, continua Séraphine. En tant qu'amie de Gaëlle et Maëlle, tu peux les aider à conserver de bons souvenirs du festival avec toi. Peux-tu faire cela pour elles, Isala?
– J'imagine que oui, répondit Isala.

Ses yeux se remplirent d'eau à la pensée de perdre ses deux amies.

– Nous avons été amies toutes nos vies, dit-elle en enfouissant son visage dans l'épaule de Séraphine. Et je vais m'ennuyer de vous et de Monsieur LaRue aussi.

– Ça va aller ma chérie, dit Séraphine en lui embrassant le front. C'est ça, grandir. Rien ne reste pareil.
– Mais je ne veux pas que les choses changent.
– C'est ainsi qu'on grandit et qu'on devient la personne qu'on doit être, Isala. Gaëlle et Maëlle ont besoin de plus d'espace pour être elles-mêmes. Certaines choses seront différentes dans ta vie aussi, ma chérie, peut-être de manière inattendue. Puis, un jour tu te souviendras et diras…

Alors qu'ils se tenaient tous là, l'ancien animal farceur Wiskijan le Corbeau effectua une descente en vol plané et se posa tout proche, en regardant Isala, Séraphine et Jacques.

– Séraphine, regarde! C'est ce corbeau farceur encore, comme celui qui aidait le Géant Poilu sur le Mont-Orford! interrompit Jacques LaRue.

Ni Séraphine ni Isala étaient intéressées à prêter foi à l'imagination de Jacques.

– Pas maintenant, LaRue, dit Séraphine en continuant de réconforter Isala. La fille n'a pas besoin d'un conte fantastique sur les géants forestiers pour la consoler.

Jacques regarda le corbeau avec son ruban rouge et talisman au cou, et demanda au corbeau :

– As-tu écouté tout ce que nous avons dit, Monsieur le Corbeau? Qu'avez-vous à en dire? Ou n'êtes-vous là que pour me jouer un tour comme sur le Mont-Orford?

En guise de réponse, Wiskijan laissa échapper un *croaa* directement vers LaRue. À cela, Séraphine et Isala se tournèrent et fixèrent le corbeau avec surprise.

- Regarde cette étrange créature avec un ruban autour du cou! Est-ce possible que tu disais la vérité sur le Géant Poilu tout ce temps, LaRue? demanda Séraphine à son mari, incrédule.

Wiskijan le Corbeau s'envola de nouveau, laissant tout le monde tenter de le suivre des yeux tandis qu'il s'éloignait.

À ce moment, Madame Patricia Bénéat, affolée, arriva et essaya d'attirer l'attention de Séraphine.

- Vous êtes là, Séraphine! Tout le monde vous cherche pour le concours de tarte.
- Oh, merci Patricia! Dites à tout le monde que j'arrive, réassura Séraphine.

Elle se tourna vers Isala :

- S'il te plait, ne dis rien ma chérie.
- Je ne dirai rien, Madame LaRue.

Tandis que les LaRue et Madame Bénéat s'éloignaient, Isala scruta le ciel dans l'espoir d'apercevoir le mystérieux corbeau, en vain.

Wiskijan le corbeau, toutefois, continua son vol pour atterrir dans la forêt voisine à côté de sa comparse farceuse et sœur, Wowkwis la Renarde, et chuchota à son oreille. Wowkwis couvrit sa bouche avec sa patte.

- Une fille d'Ancienne Grand-mère aura besoin de ton aide ce soir, Wiskijan. Nous devons appeler tout le monde pour élaborer un plan. Où sont Muin et Azeban?
- Je ne sais pas, mais je pense qu'ils sont quelque part au festival, répondit Wiskijan.
- Je vais aller les trouver, dit Wowkwis. Toi, va et rapporte la nouvelle à tout le monde.

CONCOURS
1
2
3

CHAPITRE 2

Le concours de tarte

Victorine Meunier, Séraphine LaRue et la vieille veuve Rosalie Fontaine se tenaient sur la scène dans le hall de l'église avec le maire D'Arcy et Émile, le boulanger de La Boulangerie d'Émile. Derrière, il y avait une pile de pomme, de la pâte à tarte crue, des moules à tarte, des fours et d'autres ingrédients pour faire les tartes aux pommes.

Émile accueillit tout le monde au grand concours.

– Bonnes gens de Saint-Honoré! Au cours du mois dernier, nous avons tenu plusieurs concours de pâtisserie, et les gagnants se sont rendus à la ronde finale. Aujourd'hui, nos trois finalistes s'affronteront. Notre jury est composé du maire D'Arcy, de Béatrice Cormier, d'Apollonie Gautreau, de Pierre Babin, et bien sûr, de moi-même.
– Je veux être un juge aussi! cria un homme au fond. J'ai faim!

La salle éclata de rire.

– Pourquoi doit-il y avoir un concours? ajouta une femme dans l'assistance. Chaque année, la gagnante est soit Victorine Meunier ou Séraphine LaRue! Lançons une pièce pour voir qui gagnera!

Victorine Meunier répondit à la femme :

– Peut-être avez-vous raison, j'ai gagné l'année dernière, et je m'attends à remporter de nouveau, pas vrai Séraphine? répondit-elle en lançant un sourire en coin à Séraphine LaRue.
– Je ne suis pas certaine de cela, Victorine. Comment pouvez-vous être une bonne cuisinière alors que vous avez eu besoin que je fasse votre petit-déjeuner cette semaine au café?

L'assistance rit.

Victorine, le regard déterminé, pointa un rouleau à pâtisserie vers Séraphine.

– Voyons voir ça!
– Prêtes? demanda Émile en regardant chacune à leur tour Victorine Meunier, Séraphine LaRue, et Rosalie Fontaine.

Elles acquiescèrent.

– Partez!

Sur ce, un branle-bas se déclencha; les pommes s'épluchèrent, le sucre et les épices s'envolèrent dans les airs. Enfin, les tartes étaient prêtes à enfourner.

Émile leva les mains et attira l'attention de tout le monde.

– Ok tout le monde. Il n'y a rien d'autre à faire à part attendre, allez dehors et profitez des autres événements du festival pendant la cuisson.

Tout le monde sortit à la queue leu leu, ne laissant plus que Victorine Meunier, Séraphine LaRue et Rosalie Fontaine, ainsi qu'Émile.

– Mesdames, il est temps d'enfourner les tartes, déclara-t-il.

Les trois participantes placèrent leur tarte dans le four pour les cuire. Environ une heure plus tard, un arôme réconfortant remplissait l'air, et les dames sortirent les tartes pour les placer sur la table.

– Je pense que j'ai fait ma meilleure tarte à vie, affirma Séraphine LaRue, fatiguée.

Couverte de farine et de sucre, elle se pencha pour respirer l'arôme de sa tarte fraîchement sortie du four.

Victorine chassa une pelure de pomme de son visage.

– Pas mal, Séraphine, mais regarde ma croûte. Je pense être en voie de conserver mon titre.

Elle lui sourit d'un air satisfait.

– Mais qu'en est-il de ma tarte, mesdames?

Rosalie Fontaine tira sur la manche de Séraphine pour attirer son attention. Victorine Meunier, aussi couverte d'ingrédients de tarte aux pommes, sourit d'un air condescendant à Rosalie.

– Je suis certaine que ta tarte sera très bien, ma chère.

Émile commença à attirer tout le monde vers la porte.

– Eh bien, mesdames, les tartes sont sur la table, allons chercher des rafraîchissements pendant qu'elles refroidissent.

Puis, il se tourna vers Rosalie.

– Votre tarte m'a l'air délicieuse, Rosalie.
– Vous pensez, Émile? répondit-elle en lui rendant son sourire.
– J'ai vu beaucoup de tartes, ma chère Rosalie, et je pense que nous pourrions avoir une gagnante ici.

Émile se tourna vers les trois autres femmes.

– Dehors, tout le monde, je vais barrer afin que personne ne puisse goûter aux tartes prématurément.

Séraphine LaRue entoura l'épaule de Victorine Meunier avec son bras.

– Allons chercher quelque chose à manger. En outre, je dois te parler de quelque chose, ma très chère amie.

Victorine tapota le bras de Rosalie en sortant.

– Ne t'inquiète pas, Rosalie, une troisième place est un bel accomplissement, de quoi être fière.

1901
GAGNANTS
1900
VOTER
CONCOU

CHAPITRE 3

Une tarte pour moi, une tarte pour toi

Émile verrouilla la porte derrière eux tandis que tout le monde – ou plutôt, presque tout le monde – quittait l'église. Les gens de Saint-Honoré n'avaient pas remarqué que des créatures bien plus vieilles qu'eux observaient le concours de pâtisserie, et qu'elles lorgnaient les tartes en salivant, envieuses.

– Les *Habitants* sont-ils partis, Azeban? demanda une voix provenant d'un placard à manteaux sur le côté, dans le hall désormais silencieux.
– Oui, Muin, je pense qu'ils sont tous partis. Nous pouvons sortir du placard maintenant.

La porte s'ouvrit en un grincement, révélant le visage d'un raton-laveur.

– Ne pousse pas, Muin!
– Mais l'odeur des tartes me donne faim! En plus, ton pied était dans mes côtes depuis des heures, dit l'autre voix.

Sur ce, les anciens animaux farceurs Muin l'Ours et Azeban le Raton-laveur dégringolèrent du placard et formèrent un tas sur le plancher.

– Les voici, Azeban.

Muin l'Ours se releva et couru vers les trois tartes qui refroidissaient sur la table. Azeban le Raton-laveur se plaça entre les tartes et son ami.

– Maintenant, rappelle-toi notre promesse à Madame Meunier, Muin. Fini le vol de tarte!
– Je sais, Azeban, soupira Muin. Père a aussi dit que nous ne devons qu'observer les *Habitants*. Pas manger leur nourriture. Mais j'ai tellement faim.

– Exact, Muin, Père a interdit de manger des tartes.

Azeban leur jeta un coup d'œil.

– Elles sentent bon, par contre. J'imagine qu'on peut s'approcher et humer leur délicieux parfum sans les manger.
– Oui, Azeban!

Muin se penchait déjà au-dessus d'une des tartes.

– Ne te mets pas si près, Muin! avertit Azeban.
– Ça sent tellement bon, Azeban!

Muin approcha son visage de la tarte, de plus en plus près.

– Ah, délicieux! Celle-ci me rappelle les tartes qu'on volait à Ancienne Grand-mère.

1
2

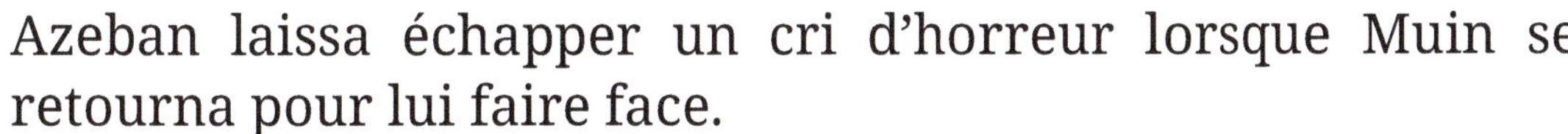

Azeban laissa échapper un cri d'horreur lorsque Muin se retourna pour lui faire face.

– Muin, regarde ton nez! Tu as de la tarte sur ton nez! Je t'avais dit de ne pas t'approcher trop près!

Muin loucha pour regarder le bout de son nez. Évidemment, il y avait de la tarte. D'un coup de langue, Muin lécha la tarte sur son nez.

– Tu vois? Tout est parti, Azeban. Aucun problème.
– Es-tu sûr de cela, Muin? Regarde la tarte!

Azeban pointa une patte vers la tarte, sur laquelle se trouvait désormais un trou rond au centre, là où Muin avait mis son nez.

– Qu'est-ce qu'on fait maintenant?

Muin et Azeban regardèrent la tarte, puis le couteau posé à côté sur la table.

– J'ai une idée, Azeban. J'ai vu les *Habitants* utiliser ça, dit Muin en prenant le couteau. On enlève le trou en coupant une tranche mince qui traverse le milieu.

Muin pratiqua deux longues incisions parallèles d'un bord à l'autre de la tarte, près du milieu, puis retira une longue tranche mince du milieu de la tarte.

– Puis, je mange cette tranche du milieu.

Muin avala rapidement la longue tranche du milieu de la tarte.

– Ensuite, on recolle les deux moitiés ensemble comme ça.

Muin rapprocha les deux parts de la tarte.

– Ni vu ni connu! Personne ne le saura.

– Un problème, Muin, dit Azeban en regardant la tarte déformée. Tu as maintenant mangé deux morceaux de tarte, et moi aucun! Comment proposes-tu de régler ça?

Il croisa les bras, attendant la réponse de Muin.

Muin regarda la tarte qui se trouvait juste à côté, sur la table.

– C'est simple, Azeban. Je coupe une longue tranche de cette autre tarte, puis recolle les deux moitiés ensemble, et tu peux avoir ce morceau.

Muin coupa une longue tranche au milieu de l'autre tarte et la donna à Azeban. Puis, il recolla les deux moitiés ensemble. Azeban commença à manger sa part, puis, avec Muin, regarda les deux tartes désormais plus petites.

– Muin, maintenant je sais pourquoi tu aimes autant les tartes, c'est délicieux!

Puis, Azeban regarda attentivement les deux tartes auxquelles il manquait une tranche.

– Euh, Muin, nous avons encore un problème. Tu as coupé une trop grosse tranche de cette tarte, dit Azeban en pointant la deuxième tarte.
– Tu as raison, Azeban.

Muin regarda les tartes et prit le couteau.

– Maintenant cette tarte est plus grande que l'autre.

Muin entreprit de couper un autre morceau de la grande tarte, puis essaya de remettre les deux moitiés ensemble pour faire quelque chose qui ressemblerait à une tarte entière.

– Tu vois, Azeban? Je peux facilement régler le problème.
– Mais maintenant, cette tarte est plus petite que l'autre, Muin!

Azeban était exaspéré.

– Et qu'allons-nous faire avec ce nouveau morceau que tu viens de couper? Je pense que je devrais l'avoir, ainsi nous aurons eu le même nombre de morceaux de tartes.

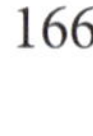

- Quel morceau de tarte? marmonna Muin, la tranche de tarte fraîchement coupée dans la bouche.
- Quoi? Tu l'as mangé? Ce morceau était pour moi! Donne-moi ce couteau, Muin!

Azeban prit le couteau des pattes de Muin.

- Tu ne fais qu'empirer les choses. Voyons ce que je peux faire.

Azeban essaya de couper une nouvelle tranche de tarte, mais il ne réussit qu'à la défaire et à la rendre plus petite.

Ils continuèrent ainsi jusqu'à qu'Azeban et Muin se trouvent devant deux assiettes vides.

– Regarde ce que tu as fait, Muin, dit Azeban. Nous sommes vraiment dans de beaux draps.

– Ça va aller, Azeban, dit Muin en lui tapotant la tête. Il reste encore une tarte.

Muin pointa la tarte restante.

– Si nous la coupons en trois parts égales et plaçons un morceau dans chaque assiette, personne ne saura ce qu'il s'est passé.

Muin agita sa patte dans les airs comme s'il jetait un sort.

1
2

CHAPITRE 4

Grande sœur à la rescousse

Vous voilà! Ça fait des heures que je vous cherche. Nous devons aider Isala ce soir.

Muin et Azeban se retournèrent et virent leur sœur Wowkwis la Renarde les fixer, eux et les deux assiettes vides.

– Qu'est-ce que vous avez manigancé, vous deux?

Elle mit sa main devant sa bouche en guise de surprise.

– Oh là là, vous avez mangé de la tarte des *Habitants* alors que Père vous l'avait interdit, n'est-ce pas?

– Quelles tartes? demanda Azeban.
– Quelles tartes? répéta Wowkwis en pointant les assiettes vides. Ces tartes!

Elle regarda ses frères de nouveau et fronça le nez.

– Père ne sera pas content.
– S'il te plaît, ne le dis pas à Père! plaida Muin.

– Oui, les grandes sœurs sont supposées aider leurs petits frères à se sortir de leurs ennuis.

Azeban mit son bras autour de Wowkwis et agrandit les yeux pour susciter sa sympathie.

– S'il te plaît?

Humm, je ne sais pas.

Wowkwis réfléchit quelques instants.

– Avez-vous au moins vu comment les *Habitants* fabriquent les tartes?

– Oui, nous avons vu! s'exclama Azeban, son regard s'illuminant. Eh bien, en quelque sorte. Nous devions regarder à travers une craque dans la porte du placard pendant que les *Habitants* faisaient les tartes. Mais parfois, le grand dos de Muin était dans mon champ de vision, donc je n'ai pas tout vu.
– En fait, c'est très simple, Wowkwis, ajouta Muin. Tous les ingrédients sont ici sur la table. On les met dans un plat à tarte, puis on les recouvre avec ce truc gluant.
– Exactement! dit Azeban. Je pense que les *Habitants* l'appellent la pâte à tarte.
– Puis, tout est allé dans cette boîte qu'ils appellent un « four », expliqua Muin.
– Qu'est-ce qui se passe dans la boîte? Est-ce magique? demanda Wowkwis.
– Ça doit l'être! répondit Azeban. Quand les Habitants ont retiré les tartes de la boîte-four, elles sentaient délicieusement bon.
– Oui, et la pâte à tarte n'était plus gluante, ajouta Muin. La boîte-four doit être magique.
– Parfait, je pense qu'on peut y arriver, dit Wowkwis en poussant un soupir de soulagement. Nous allons faire deux nouvelles tartes pour remplacer celles que vous avez mangées. Je vais vous aider, mais vous deux devrez m'aider ce soir en retour. Compris?

Muin applaudit des pattes.

– Tu es la meilleure grande sœur qu'un ours pourrait avoir!

Wowkwis prit en charge ses frères.

– Azeban, commence à mélanger les poudres brune et blanche dans la grande chaudière.

Elle pointa ensuite la pile de pommes.

– Muin, commence à couper les pommes et à les mettre dans un plat à tarte. Utilise le couteau qui est là.
– Je ne pense pas que ça va fonctionner, Wowkwis, dit Muin.
– Pourquoi pas?
– Les *Habitants* utilisent seulement ce couteau pour couper les tartes, pas pour les faire.
– Oh, répondit Wowkwis. Alors, utilise tes dents pour couper les pommes en deux.
– Tu es géniale, grande sœur!

Muin commença à croquer les pommes. Il avalait la moitié, et crachait l'autre dans les plats à tarte. Wowkwis s'approcha d'Azeban pour voir comment il s'en sortait.

– As-tu terminé, Azeban? demanda-t-elle.
– Je pense que oui.

Azeban montra à Wowkwis une chaudière rempli d'une mixture de sucre et de cannelle.

– Hmm, pas mal, mon frère, commenta Wowkwis. Ajoute un peu d'eau et mélange le tout. Ce sera plus facile de le verser dans les plats à tarte.
– Je pense que les pommes sont prêtes, et elles sont dans les plats à tarte, grande sœur! annonça Muin fièrement.

Wowkwis sourit à ses frères.

– Beau travail les gars! Azeban, verse la mixture sur les pommes.

Puis, elle se tourna vers Muin.

– Mets la pâte gluante dessus quand Azeban aura terminé de verser.

Enfin, les trois anciens animaux farceurs regardèrent fièrement leur œuvre.

– Les gars, nous avons réussi! Nous avons maintenant deux tartes! s'exclama Wowkwis en souriant à ses frères. Je ne sais pas pourquoi les *Habitants* pensent que cuisiner est si difficile. C'était facile.

Azeban se souvint d'une dernière étape.

– On doit encore les mettre dans la boîte-four pour que la magie opère.

Muin lança un regard plein d'admiration et d'amour à Wowkwis.

– Grande sœur, nous ferais-tu l'honneur de faire cette dernière étape et de mettre les tartes dans la boîte-four magique?

– Oui, bien sûr!

Wowkwis sourit et plaça les deux tartes refaites dans le four.

– Maintenant, nous n'avons qu'à laisser la magie faire son travail.

Elle se retourna vers Azeban et Muin.

– Combien de temps faut-il pour que ça sente délicieusement bon?

Azeban fut pris de court.

– Je ne sais pas.

Mais avant quelqu'un d'autre puisse dire quoi que ce soit sur les fours magiques, à l'extérieur du hall, des voix se rapprochaient. Azeban s'alarma.

– Les *Habitants* reviennent! Nous devons partir!

– Mais nous ne pouvons pas sortir par la porte d'entrée, dit Muin. Les *Habitants* nous verront et sauront que nous leur avons encore joué des tours.
– Nous pouvons sortir par là où je suis entrée, dit Wowkwis. J'ai trouvé un passage secret pendant que je vous cherchais. Suivez-moi!

Une fois dehors, les trois anciens animaux farceurs restèrent près du hall, mais hors de vue. Azeban était nerveux pendant qu'ils attendaient la réaction des *Habitants* à leurs tartes. La dernière fois que les *Habitants* de Saint-Honoré s'étaient fâchés contre lui et Muin pour leur avoir joué des tours, ils avaient passé une nuit dans la prison de Saint-Honoré.

– Je ne pense pas que nous devrions attendre ici, dit Azeban. Et si les *Habitants* n'aiment pas nos tartes?

Wowkwis sourit avec assurance.

– Écoutez, les gars, je sais que nous avons fait les meilleures tartes que les *Habitants* n'auront jamais goûtées. Je veux que nous soyons là pour entendre leurs exclamations de joie et de bonheur quand ils verront les cadeaux que nous leur avons faits. Ne t'inquiète pas, Azeban.

Les trois restèrent donc cachés dehors, près du hall, à écouter en silence. Au début, ils entendirent des bruits de pas et des conversations indistinctes à mesure que la foule remplissait le hall d'église. Puis, tout se fit silencieux, avant que soudainement, une clameur éclate en cris retentissants et chaotiques dans le hall.

– Vous voyez, voici les cris de joie! s'exclama Wowkwis rayonnante de fierté. Écoutez.

Elle inclina la tête vers le hall pour mieux entendre.

– Pouvez-vous entendre les *Habitants*, les gars?

Muin et Azeban ne pouvaient qu'entendre les cris de deux femmes en colère, et occasionnellement la voix d'un homme qui essayait de les apaiser.

Wowkwis commença à danser joyeusement.

– Les *Habitants* adorent nos tartes! Ils ne peuvent contenir leurs cris de joie!

Muin, qui était beaucoup plus familier avec les sons des *Habitants* quand ils étaient fâchés, n'en était pas si sûr. Il échangea un regard interrogatif avec Azeban, qui pensait la même chose.

– Je n'en suis pas certain, Wowkwis...

Avant que Muin puisse ajouter quoi que ce soit, Azeban couvrit la bouche de Muin avec sa patte.

Satisfaite que tout aille pour le mieux, Wowkwis pivota vers le sentier qui partait de l'église et commença à mener Muin et Azeban au Mont-Orford. Elle bondissait allègrement le long du chemin.

– Que disais-tu plus tôt, Muin?

Muin resta silencieux et regarda nerveusement Azeban pour qu'il lui vienne en aide.

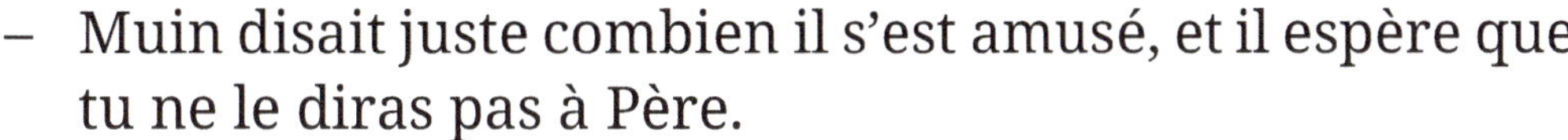

– Muin disait juste combien il s'est amusé, et il espère que tu ne le diras pas à Père.

Azeban sourit nerveusement en direction de Wowkwis.

– Ne pas le dire à Père?

Wowkwis s'arrêta et se retourna pour faire face à Azeban et Muin et les examiner avec suspicion.

– Au contraire, j'ai tellement hâte de raconter à Père le beau travail que vous avez fait et comment nous avons donné aux Habitants un merveilleux et délicieux cadeau. Je suis certaine que Père sera vraiment content de vous deux!

Wowkwis fit un clin d'œil à ses frères et se retourna vers l'avant.

– Toutefois, nous avons du travail à faire ce soir avant de retourner au Nord, dans le pays de la Glace et de la Neige. Je vous en parlerai en route vers le Mont-Orford.

CHAPITRE 5

Une humble tarte

Dans le hall de l'église, Émile le boulanger tentait d'apaiser la colère de Victorine Meunier et de Séraphine LaRue. Les femmes fixaient les deux tartes bizarres et immangeables qui reposaient sur la table au lieu de leur propre tarte sur laquelle elles avaient travaillées si fort le matin même.

– Mesdames, je ne sais pas ce qui s'est passé, dit Émile. Mais ce n'était certainement pas veuve Rosalie. Peut-être que des garçons se sont faufilés à l'intérieur, mais je ne sais pas comment parce que les portes étaient barrées.

Victorine Meunier et Séraphine LaRue détachèrent leur regard des tartes pour toiser Émile.

– Alors, comment déterminera-t-on une gagnante, Émile? demanda Séraphine LaRue.
– J'aimerais le savoir aussi, dit Victorine Meunier, opinant du bonnet en direction de Séraphine.

Émile jeta un œil en direction de Rosalie qui se tenait plus loin, sur le côté.

– Peut-être qu'au lieu de voir cela comme un désastre, nous pourrions le voir comme une occasion pour vous deux d'être gentilles et altruistes, répondit Émile. Veuve Rosalie n'a jamais gagné, tandis que vous deux oui, plusieurs fois. Ça la rendrait très heureuse de gagner juste une fois. Êtes-vous prêtes à lui concéder la victoire?

Les visages de Séraphine et Victorine s'adoucirent, de gêne et aussi de culpabilité.

– Tu as raison Émile, dit Victorine en se tournant vers Séraphine. Nous avons été arrogantes.
– Très vrai, Victorine.

Séraphine regarda les deux monstruosités qui se voulaient des tartes.

– Peut-être avons-nous besoin d'une humble pilule pour apprendre l'humilité.
– Je pense que tu as raison, répondit Victorine, souriante, en regardant de plus près la tarte immonde. Par contre, je vais toujours me demander qui a fait ça et comment ils sont entrés malgré les portes barrées. C'est peut-être mon mystère à chérir et sur lequel méditer.

Séraphine prit une tarte dans ses mains.

– Quiconque a fait ça avait un sens de l'humour, dit-elle en échappant un petit rire. C'est peut-être mieux d'en rire et de remercier la personne qui a fabriqué ces tartes farfelues pour la leçon d'humilité dont nous avions toutes deux besoin.

Puis, elle se tourna vers Victorine.

Ces tartes horriblement étranges nous ont donné l'occasion de devenir de meilleures personnes, ma chère amie. Peut-être était-ce le vrai prix à gagner.

J'espère seulement que ce n'était pas un des tours de Gaëlle et Maëlle! pensa Séraphine en levant les yeux au ciel. *Des tours comme ceux-ci seront plus acceptables pour des jeunes filles de Whitehorse que de Saint-Honoré.*

Satisfaite que la grande crise de la tarte soit terminée, Émile sourit et appela Rosalie.

- Ma chère dame, vous avez remporté le concours de pâtisserie : voici votre ruban.

Rosalie sauta de joie et montra son ruban à tout le monde.

- J'ai gagné! Regardez mesdames, j'ai enfin gagné!

Séraphine et Victorine embrassèrent toutes deux Rosalie sur la joue, la félicitant pour sa victoire.

Émile, de son côté, profita de la distraction des dames qui discutaient entre elles, se coupa une très grosse part de la tarte de Rosalie et la cacha dans le placard à manteaux pour déguster son prix en secret.

CHAPITRE 6

Les sœurs LaRue donnent un coup de main

Il était maintenant tard dans l'après-midi et le concours de vache était le seul événement qui restait au Festival des Récoltes avant le bal du soir. Isala et Loyola se trouvaient dans le pavillon des animaux pour préparer les vaches Meunier, Hélène et sa sœur Pauline, au concours.

– Surtout, n'oublie pas de nettoyer derrière mes oreilles, dit Pauline.
– Tu es superbe, Pauline, soupira Isala, distraite.

Elle pensait encore au déménagement prochain de ses amies Gaëlle et Maëlle LaRue à Whitehorse.

Peut-être que je n'irai pas du tout au bal, pensa Isala en passant un torchon humide sur le dos de Pauline.

Hé, Isala, appela Loyola. Regarde ce que tu fais! Tu m'éclabousses avec l'eau.

Loyola n'était pas beaucoup plus heureux pendant qu'il nettoyait la sœur de Pauline, Hélène.

- Je ne t'ai pas éclaboussé! répliqua Isala, irritée. Mêle-toi de ta propre vache!
- Oui, mêle-toi de ta propre vache, c'est-à-dire moi!

Hélène scrutait attentivement Isala qui nettoyait sa sœur Pauline.

- Souviens-toi, tout ce que Isala fait à Pauline, il faut me le faire aussi. Nous sommes sœurs et nous devons recevoir le même traitement.

Loyola, ennuyé, soupira.

- Je sais, Hélène.
- As-tu trouvé une cavalière pour le bal de ce soir Loyola? demanda Isala.

– Je ne pense pas, Isala. Je n'ai pas reçu de réponse claire de Gaëlle ou Maëlle à savoir si l'une viendrait avec moi. Et toi, Isa?

La question de Loyola fut reçue par une claque de torchon bien froid et mouillé derrière la tête.

– Hé! Qui a fait ça?

Loyola pouvait sentir l'eau froide dégoulinant de son cou.

Les fous rires de deux filles à travers les stalles de l'étable répondirent à sa question.

Isala et Loyola se retournèrent et virent Gaëlle et Maëlle rire et sortir leur tête de part et d'autre d'une stalle pour vache.

– Tu as ta réponse, Loyola! s'exclama Maëlle.

Isala voulait venir à la défense de son frère, mais elle hésita, se souvenant que ce soir serait probablement le dernier bal du Festival des récoltes avec ses amies.

– Allons, ne sois pas fâché, Loyola.

Le rire de Maëlle s'était transformé en un sourire amical.

– J'étais venue accepter ton invitation au bal.

Loyola, essuyant l'eau sur sa tête, n'était pas sûr s'il devait être heureux ou craindre une autre farce.

– Vraiment? Sans blague?

– Blague?

Maëlle feint la surprise.

– Bien sûr que non!

Elle se rapprocha jusqu'à se trouver face à Loyola.

– Je t'aime bien, mon petit homme.

Elle ramassa le torchon mouillé sur le sol et le donna à Loyola.

– Tu me fais rire, et le rire est le chemin le plus rapide vers mon cœur.

Elle donna à Loyola un baiser rapide sur la joue.

– Et ça, c'est pour avoir été bon joueur.

Loyola essaya de cacher son visage rougissant derrière le torchon.

– Je ne sais pas si je vais aller au bal ce soir, annonça Isala.

Elle savait qu'elle avait assez de temps pour se préparer, mais sans cavalier, elle cherchait une excuse pour ne pas y aller.

– Nous devons préparer les vaches pour le concours, et je suis toute sale.

– Quoi? Pas question, dit Gaëlle.

Elle extirpa un joli ruban bleu de son sac, et l'attacha sur la tête d'Hélène.

– Nous vous aiderons pour que vous puissiez terminer plus tôt!
– Puisque Gaëlle et Maëlle restent pour nous aider, j'aimerais y aller et enfiler des vêtements secs, dit Loyola.
– Sans problème, Loyola, dit Isala en souriant à son frère avec sympathie. Nous finirons à trois.
– Je m'attends à te voir à notre maison plus tard ce soir, Loyola, dit Maëlle en lui envoyant la main.

Gaëlle lança un regard malicieux à Isala et Maëlle.

– À présent, voyons ce que nous trois pouvons faire pour révéler la beauté intérieure de ces vaches.

Les vaches Pauline et Hélène se retournèrent avec excitation vers Gaëlle.

- Oui, nous voulons être superbes pour le concours! dit Pauline.
- Vraiment, Pauline? demanda Gaëlle. Eh bien, aujourd'hui est ton jour de chance. Regardez ce que nous avons pour toi et Hélène.

Gaëlle déversa le contenu de son sac sur la table. Maquillage, rubans, chapeaux, et même deux perruques étaient étalés sur la table.

Maëlle prodigua une gratouille rassurante à Pauline et Hélène.

- Ne vous inquiétez pas, mesdames, tout le monde parlera de vous quand nous aurons terminé.

– Oh, je pense que je vois ce que tu as en tête!

Isala prit du maquillage rouge sur la table, puis regarda ses amies.

– Oui, allons-y! Fais-moi une moue, ma chère! dit-elle en se tournant vers Pauline avec le rouge.

Pauline leva la tête haute pour montrer ses joues rose-rouge. Isala, Gaëlle et Maëlle se tenaient main dans la main, examinant la vache comme des artistes réfléchissant à leur prochain coup de pinceau.

– De quoi ai-je l'air, les filles? demanda Pauline.
– Ne m'oubliez pas! geignit Hélène.
– Ne t'inquiète pas, petite vache, répondit Gaëlle, rassurante.

Maëlle se mit à fouiller dans la pile de maquillage sur la table.

– J'ai juste ce qu'il te faut, Hélène. C'est ce que toutes les filles portent sur l'Avenue Spadina à Toronto!

Isala rit et poussa gentiment l'épaule de Maëlle.

– Tu n'es jamais allée à Toronto!
– Oui, c'est vrai, répondit Gaëlle. Mais les vaches non plus!
– Les trois filles s'esclaffèrent à la blague.

Maëlle extirpa une perruque de la pile et la plaça sur la tête d'Hélène.

– C'est donc ce que qu'on porte à Toronto? demanda la vache.
– Tu ne sais même pas ce qu'un *Toronto* est, ma sœur, dit Pauline d'un ton sec.
– Toi non plus Pauline! rétorqua Hélène.

Isala tenta de calmer les vaches et de maîtriser son propre fou rire.

– En fait, Hélène… Je pense que tu ressembles tout juste à grand-tante Philomène!

Les trois filles rirent de plus belle, et Gaëlle essaya de ramener un peu de sérieux.

– Allez, finissons les filles. Nous avons apporté beaucoup de choses amusantes dans notre sac à farces.

Peu de temps après, les vaches Pauline et Hélène étaient décorées des cornes aux sabots grâce au maquillage, aux perruques, aux rubans et aux chapeaux de dames.

À ce moment, le jeune frère d'Isala Adrien entra dans l'étable.

– Isala, c'est le temps d'amener Pauline et Hélène au spectacle…

Il s'arrêta.

– Isala? Qu'est-ce que tu as fait?

La mâchoire d'Adrien se décrocha tandis qu'il contemplait les vaches étrangement décorées, puis les sœurs LaRue.

– Gaëlle et Maëlle, j'aurais dû deviner que vous étiez derrière tout ça.
– Calme-toi, petit homme, dit Maëlle.
– Oui, pourquoi es-tu si ennuyant? ajouta Gaëlle.

Adrien regarda Isala, alarmé.

– Maman et Papa ne seront pas contents quand ils verront nos vaches, Isala.
– Peux-tu amener les vaches au spectacles, Adrien? demanda Isala. Ainsi, Maman et Papa n'auront pas à le savoir tout de suite.
– Je ne sais pas, répondit Adrien.
– Allez Adrien, aide-nous donc, implora Gaëlle. Nous les filles devons nous préparer pour le bal.
– Nous allons au bal? demanda Isala en se tournant vers Gaëlle.

– Oui, tu viens avec nous, Isala, répondit Maëlle. Nous ne pouvons pas faire toutes ces farces par nous-mêmes.

Isala regarda ses amies. Ce pourrait être la dernière fois, Isala! pensa-t-elle.

– D'accord, je vais y aller. Mais j'ai besoin de quelqu'un pour emmener les vaches au spectacle.

Isala se tourna vers son frère.

– Adrien, les petits frères sont censés aider leurs grandes sœurs quand elles se mettent dans le pétrin.

Elle mit son bras autour des épaules de son frère et sourit.

– Je dois me préparer avec Gaëlle et Maëlle pour le bal.
– Bon, d'accord, mais je vais être dans le trouble pour ça!

Adrien agrippa les harnais des vaches.

– Allons-y, Pauline et Hélène.

Hélène ne pouvait contenir son excitation.

– C'est notre grand moment, Pauline!

– Oui, ma sœur! Nous gagnerons, c'est certain! dit Pauline alors qu'elle et Hélène suivaient Adrien vers l'arène, la tête bien haute. Nous sommes les plus belles vaches de tout Saint-Honoré!

Alors qu'Adrien et les vaches disparaissaient par la porte, Gaëlle entremêla ses bras avec ceux de Maëlle et d'Isala.

– Allez les filles, je veux voir la réaction de tout le monde quand ils verront les vaches. Allons trouver une place pour regarder sans être vues.

Les trois filles se déplacèrent en catimini jusqu'aux sièges les plus éloignés du spectacle. Au moment où elles prirent place, la foule poussa des exclamations de surprise à la vue d'Adrien qui entrait par le portail dans l'arène avec Pauline et Hélène.

Les gens, ébahis, pointaient le spectacle des vaches Meunier couvertes de maquillage, de rubans, et portant même des perruques, qui s'avançaient fièrement dans l'arène.

– Regardez tout le monde! dit un homme dans l'assistance. C'est Adrien Meunier! Et ce sont les vaches d'Elphage et Delia!

À cela, tout le monde se mit à rire et à pointer les vaches. De leur côté, Elphage et Delia Meunier regardaient Adrien, embarrassés et surpris.

– Maman, Papa, ce n'était pas moi! s'exclama Adrien.

Mais avant qu'Elphage ou Delia ne puisse répondre, Jacques et Séraphine LaRue arrivèrent et prirent place à côté d'eux.

Jacques mit la main sur l'épaule d'Elphage.

– Tu es un homme bon, Elphage, mais on dirait bien que mes filles ne sont pas les seules à se mettre dans le pétrin à Saint-Honoré.

Jacques LaRue rit et pointa Pauline et Hélène. Les vaches sautillaient dans l'arène, inconscientes des rires.

– Ils nous adorent, ma sœur! dit Hélène.
– Oui, nous recevrons un ruban pour sûr, Hélène! ajouta Pauline. Continue de nous faire marcher, Adrien. Je veux que tout le monde nous voie!
– Je ferais preuve de prudence en pointant du doigt des coupables, LaRue.

Séraphine désigna la plus haute rangée de sièges dans l'estrade. Jacques, Elphage et Delia se tournèrent pour voir les sœurs LaRue rire avec Isala Meunier.

Elphage se retourna vers Jacques LaRue et lui lança un sourire narquois.

- Eh bien, Jacques, on dirait qu'Isala a eu de l'aide.
- Je suis désolée, Delia, dit Séraphine en mettant la main sur le bras de Delia Meunier.
- Ne t'en fais pas, Séraphine, répondit Delia en souriant. Ces trois-là seront occupées demain à nettoyer les vaches.
- Pendant ce temps, les trois filles pouvaient voir leurs parents les pointer du doigt de l'autre côté de l'arène.

- Les filles, je pense que la partie de plaisir est terminée, dit Gaëlle en pointant en retour les parents.
- Nous n'avons plus beaucoup de temps pour nous préparer pour ce soir, dit Maëlle. Isala, tu peux te changer chez nous. J'ai une robe que tu peux mettre. Ensuite, ton frère pourra venir nous chercher dans le chariot pour aller au bal.
- Je suis vraiment dans de beaux draps, se lamenta Isala.
- Demain est un autre jour, Isala, dit Maëlle en guidant sa sœur et Isala hors de l'arène. Ce soir, nous avons le bal, et d'ici le matin, tout sera différent. Tu verras, Isala.

Les filles se sauvèrent rapidement pour se diriger vers la maison des LaRue.

CHAPITRE 7

La marche vers la maison des LaRue

C'est étrange de ta part de dire cela, Maëlle. Comment sais-tu que tout sera différent demain?

Isala marchait à côté de ses deux amies vers la maison des LaRue.

Maëlle rit.

– Étrange?

Elle croisa son bras avec celui d'Isala en marchant.

– Tout peut arriver ce soir, Isala. Peut-être rencontreras-tu quelqu'un au bal.
– Qui y a-t-il à rencontrer? soupira Isala. Je pense que je connais tout le monde à Saint-Honoré. La plupart des garçons de notre âge sont amis avec Loyola.

Gaëlle rit.

– Ou, au lieu de rencontrer quelqu'un, tu peux te mettre encore plus dans le pétrin avec nous. Peut-être même tellement dans le pétrin que tes parents oublieront les vaches et le maquillage!

Les filles LaRue s'esclaffèrent.

– Ou alors, nous pourrions nous enfuir ensemble! ajouta Isala. *Peut-être que je pourrais aller à Whitehorse avec elles? Ou peut-être que je devrais être prudente afin de ne rien révéler. Et même éviter de penser partir avec elles.*
– Mon point, Isala, dit Maëlle, c'est que tu ne devrais pas laisser ce qui arrive aujourd'hui t'alourdir d'inquiétude. Demain apporte toujours la possibilité d'une nouvelle aventure. Qui sait? Peut-être trouveras-tu la tienne ce soir.

Maëlle marqua une petite pause.

– Je pense que nos meilleures aventures nous trouvent lorsqu'on ne les cherche pas.
– Eh bien, mon aventure ce soir est de voir si on peut duper les chaperons, dit Gaëlle en souriant malicieusement.
– Vous les filles pouvez jouer des tours aux chaperons tant que vous voulez, mais vous êtes mieux d'être gentilles avec Loyola ce soir! jeta Isala à la blague.

– Ne t'inquiète pas, Isala, je garderai le petit homme à l'abri du pétrin, promit Maëlle.

Le soleil se couchait inexorablement dans le ciel pendant que les trois filles continuaient de marcher le long de la route bordée d'arbres vers la maison des LaRue.

– Alors, où avez-vous obtenu tout ce maquillage que nous avons appliqué sur les vaches? demanda Isala.
– Le maquillage? Tout était à notre grand-mère, Mémère Hache, expliqua Gaëlle. Elle nous a tout donné à Maëlle et moi, continua-t-elle en essayant de garder une expression neutre en parlant.

Le visage de Maëlle exprimait du dédain.

– Elle a dit à Maman que nous devrions aller à l'École des jeunes femmes de Madame Charlotte Prévost à Montréal l'année prochaine.
– C'est quoi comme genre d'école? demanda Isala.
– C'est un endroit où les filles sont censées apprendre l'étiquette et le raffinement.

Gaëlle commença à sautiller pour se moquer.

– Mémère Hache espère que cela extirpera toute la sottise et l'espièglerie de nos têtes.

- Oui, pour que nous soyons des dames gentilles et bien élevées qui marieront des gentilhommes ennuyeux et bien élevés de la grande ville.

Maëlle leva les yeux au ciel.

- Et pour organiser des soirées élégantes et ennuyeuses avec nos maris ennuyeux.
- Mais Montréal a l'air chic, dit Isala, s'imaginant visiter la ville. Il y a des boutiques remplies de magnifiques robes et de plein d'objets merveilleux provenant de partout dans le monde. J'ai entendu qu'ils ont même des téléphones dans chaque maison et des tramways électriques qui sillonnent la ville. Et bien entendu, il y a la magnifique Notre-Dame!

Gaëlle s'arrêta pour regarder son amie.

– Isala, je veux un mari qui me traitera avec respect comme une égale, pas comme une décoration ou une hôtesse de soirée chic. Il n'y a que des hommes plates à Montréal.

Maëlle aussi se tourna vers Isala.

– De mon côté, je veux un mari qui grimpera dans les arbres avec moi ou qui serait heureux qu'on explore le Mont-Orford ensemble.

Maëlle se retourna et regarda la route de nouveau.

– Nous aimons Mémère, et nous savons qu'elle nous aime, mais nous ne voulons pas aller à Montréal.

Isala essaya de détourner la conversation pour ne plus parler des filles LaRue quittant Saint-Honoré.

– Gaëlle, as-tu un cavalier pour ce soir?

Gaëlle rit.

– Oh non, je pense que je leur ai tous fait peur avec mon lancer de hache.

Elle haussa les épaules.

– Quel genre d'homme a peur d'une femme qui peut lancer une hache à vingt pieds?

Elle ramassa une branche et gratta le sol en continuant de marcher.

– De toute façon, c'est plus amusant de leur jouer des tours, n'est-ce pas Maëlle?
– Tout à fait, Gaëlle!

Le ciel s'assombrissait à mesure que les filles continuaient leur route. Gaëlle, remarquant le crépuscule à venir, s'arrêta pour regarder le Mont-Orford, à l'ouest.

– Les filles, regardez le soleil se coucher derrière la montagne.

Maëlle jeta un œil au soleil déclinant.

– Il fera noir bientôt. Je peux même voir une étoile là-haut.

Maëlle se fit silencieuse un moment, et regarda le côté de la route.

– J'ai vu le soleil se coucher de nombreuses fois, mais ce soir, pour la première fois depuis que je suis petite, la noirceur me rend nerveuse, comme si quelqu'un nous observait, tapi dans l'ombre.

Isala regarda Maëlle avec incrédulité.

– Toi? Je pensais que tu n'avais peur de rien.

Isala regarda ensuite la forêt silencieuse et calme.

– Continuons de marcher, au cas où.

Les filles firent quelques pas de plus quand Maëlle les arrêta et pointa la forêt s'assombrissant sur le bord de la route.

– Isala, Gaëlle, l'une de vous peut-elle apercevoir quelque chose là-bas? Je pense avoir vu quelque chose, ou quelqu'un.

Pendant un instant, Isala vit une grosse forme noire partiellement cachée derrière quelques arbres. Elle plissa des yeux, mais le ciel devenait trop noir pour voir clairement ce que c'était. C'est juste mon imagination, se rassura Isala. Pendant ce temps, Maëlle s'était trouvé un gros bâton.

– Les filles, dit Maëlle, je pense que je vois Madame Prévost qui se cache dans les bois, se préparant à nous kidnapper pour aller à son école!

Pendant un court instant, la blague de Maëlle fit sortir les deux autres de leur frayeur.

– Je pense que je préfèrerais faire face au Géant Poilu de Papa plutôt que d'être kidnappée par Madame Prévost.

Maëlle retrouva son air de confiance habituel tout en tapant un arbre avec le bâton qu'elle venait de trouver.

- Il n'y aura pas de liberté pour nous à Montréal, Isala, continua Maëlle. Comment pourrais-je trouver une aventure là-bas sans avoir la liberté d'explorer ce que ça signifie pour moi?

Un craquement sonore résonna le long de la route tandis que Maëlle trouvait un autre arbre à frapper.

- C'est pourquoi je ne veux pas y aller, ni à Montréal, ni à cette école ridicule.
- Moi non plus, ajouta Gaëlle. Ça ne veut pas dire que nous devons rester à Saint-Honoré. Tout sauf la grande ville!

Peut-être qu'aller à Whitehorse sera positif pour Gaëlle et Maëlle, pensa Isala.

Les feuilles sèches sur le côté de la route se mirent à danser et à tournoyer; une brise puissante se leva sur la route. Perdant momentanément leur équilibre, les filles agrippèrent instinctivement leur chapeau.

Gaëlle jeta un regard aux filles.

– Est-ce qu'un orage se prépare?

Comme en réponse, la bourrasque se calma en une brise constante, mais gérable.

Isala regarda le ciel couleur indigo foncé.

– Je ne pense pas. Je ne vois que quelques étoiles, aucun nuage.

Isala regarda de nouveau la forêt pour voir si la forme sombre était encore là. *Est-ce que quelque chose vient de bouger?*

Gaëlle aussi regarda la forêt et rit nerveusement.

– Maëlle, on dirait que nous sommes dans une de ces histoires d'amour inquiétantes que tu aimes lire.

– Je ne fais rien de tout cela! dit Maëlle en regardant suspicieusement un côté de la route puis l’autre. Mais il y a quelque chose de différent cette nuit.

– Si vous n’étiez pas avec moi, j’aurais pensé que c’était une de vos farces.

Isala se sentit soulagée de finalement apercevoir la maison LaRue de loin.

– Regardez! C’est votre maison!

Quelques minutes plus tard, les trois filles se tenaient sur les marches devant la maison.

– Eh bien, j'imagine que nous sommes désormais sauves de tout observateur lugubre dans la forêt, gloussa Isala.

Gaëlle posa la main sur l'épaule d'Isala pendant qu'elles grimpaient les marches menant à la maison.

– Isala, tu es notre meilleure amie. En fait, je ne peux penser à une meilleure personne avec qui faire face à un fantôme sur une route sombre pendant la nuit, sourit Gaëlle.
– C'est réciproque, Gaëlle! Depuis que nous sommes toutes petites, nous avons certainement beaucoup de plaisir.

Pour Isala, l'enfance semblait soudain bien loin.

– Mais c'est plus que cela, Isala.

Maëlle prit la main d'Isala.

– Merci de nous aimer comme nous sommes. Promets-nous, Isala, que peu importe ce qui arrive, ou qui nous marierons, ou où nous habiterons, nous resterons toujours amies.

Isala tira ses deux amies pour les serrer dans ses bras.

– Toujours!

Isala ravala ses larmes. *Je ne peux les laisser voir ma peine.*

Gaëlle mit fin au câlin collectif.

– Ok les filles, c'est l'heure de se faire belles pour le bal!

Juste au moment où Isala était prête à suivre ses amies dans l'embrasure de la porte, elle entendit un cri de corbeau. Elle leva la tête et vit un oiseau noir faire des cercles autour de sa tête comme un fantôme noir dans le crépuscule s'assombrissant. *C'est encore cet étrange oiseau. Le vent, cet oiseau, la noirceur, les formes dans la forêt, et les étoiles, Maëlle a senti que quelque chose était différent ce soir et moi aussi, mais qu'est-ce que tout cela signifie?*

ÉPILOGUE

Après que les filles eurent fermé la porte derrière elles et furent entrées dans la maison, Wiskijan le corbeau se posa dans les bois avec Père, sa sœur Wowkwis, ses frères Muin, Azeban et Puku'kowij et, bien entendu, Oncle Mikcheech.

Wiskijan secoua ses plumes et fit un pas vers sa famille.

– Je pensais que ces filles n'entreraient jamais dans la maison! Mes ailes sont fatiguées de tous ces battements pour faire souffler le vent sur la route.
– Oui, j'ai remarqué cela, mon frère, dit Puku'kowij. N'était-ce pas un peu dramatique? Tu devais observer les filles, pas leur faire peur.
– Ce n'était pas que moi! s'écria Wiskijan. Je pense qu'Isala a vu Muin dépasser d'un arbre, dit-elle en pointant une aile vers Muin. Elle regardait droit dans ta direction!
– Je n'y peux rien si tous les arbres sont trop maigres pour que je puisse me cacher derrière! protesta Muin.
– Ça va aller, mes neveux.

Mikcheech sourit et s'assit sur une roche au milieu du groupe.

– Selon mon expérience, les *Habitants* aiment être un peu effrayés parfois. C'est l'une des façons dont ils créent leurs propres histoires. Je suis certain que les filles auront du plaisir à parler de cette nuit pendant longtemps.

– Tout le monde!

Wowkwis sautillait au milieu du groupe.

– Nous n'avons pas beaucoup de temps avant le bal, il nous faut un plan!
– Est-ce que j'aurai une tâche, ma sœur? demanda Azeban.
– J'ai un travail important pour toi ce soir, Azeban, répondit Wowkwis. Puis, elle regarda le reste de la famille. Approchez-vous tout le monde, je vais vous partager mes idées.

Les anciens animaux farceurs se rassemblèrent autour de Wowkwis pour qu'elle leur explique son plan pour la nuit.

JE ME SOUVIENDRAI TOUJOURS

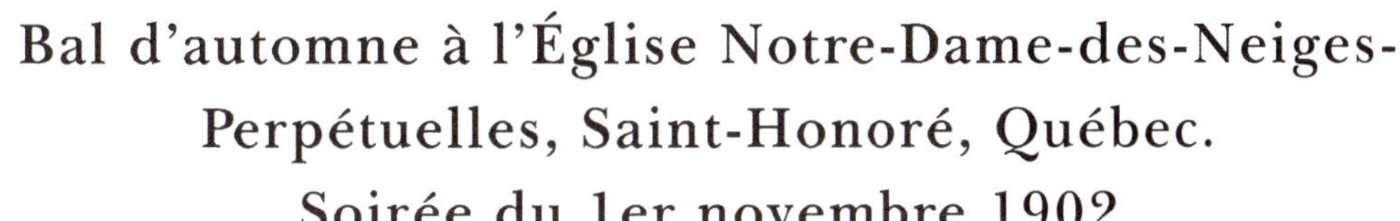

Bal d'automne à l'Église Notre-Dame-des-Neiges-Perpétuelles, Saint-Honoré, Québec. Soirée du 1er novembre 1902

Le bal d'automne devait être le point culminant de l'année pour Isala Meunier. Mais cette année, elle s'ennuyait, toute seule à l'autre bout du hall de l'église à regarder les autres danser, y compris son frère Loyola qui faisait virevolter son amie Maëlle LaRue.

Isala avait presque dix-huit ans, l'âge auquel certaines filles de Saint-Honoré commençaient à chercher un mari convenable. Après tout, c'était l'une des raisons pour lesquelles les adultes du village organisaient un bal pour les jeunes gens de Saint-Honoré.

Elle continua à parcourir la salle du regard. Les chaperons se mêlaient aux jeunes couples qui dansaient sur la piste pour veiller à ce que tout le monde agisse comme « *des jeunes femmes et jeunes hommes bien élevés et comme il faut* » et qu'ils « *dansaient avec leurs anges entre eux* ». Bien entendu, ce que les chaperons voulaient vraiment dire, c'était « *aucun couple ne file en douce pour s'embrasser* ».

Isala rit à cette pensée, sachant que chaque année, quelques adolescents trouvaient invariablement le moyen de s'éclipser.

Toutefois, ceux qui s'essayaient, pour la plupart, étaient pris sur le fait et ne récoltaient qu'une supervision plus étroite de leurs chaperons pour le reste de la soirée. Isala n'arrivait pas à comprendre : *Comment les chaperons savent-ils presque toujours où regarder pour trouver ces adolescents espiègles?*

Isala regarda une fois de plus son frère et Maëlle danser, et ressentit un voile de tristesse l'envahir.

Les jumelles LaRue, Gaëlle et Maëlle, étaient les meilleures amies d'Isala depuis l'enfance, et juste avant le bal, elle avait entendu Monsieur et Madame LaRue dire que les LaRue planifiaient déménager à Whitehorse, au Yukon, au printemps prochain. *Whitehorse!* se dit Isala. *Ce pourrait bien être la Lune! Après le printemps, je ne vais probablement jamais revoir Gaëlle et Maëlle.*

Isala imagina ses amies dans la nature et le froid du nord du Yukon. *Probablement heureuses et mariées à des bûcherons comme leur père, ou peut-être à des chercheurs d'or qui auront trouvé un filon,* pensa-t-elle. *Gaëlle, Maëlle et leur mari voyageront partout avec leurs enfants forts et robustes, emmitouflés sur des traîneaux à chiens.*

Isala se sentit triste en pensant à la perte imminente de ses amies, mais elle ressentit autre chose aussi : *Est-ce de la jalousie que je ressens? De la jalousie pour la vie d'aventures de Gaëlle et Maëlle dans un nouvel endroit? Non, ça ne peut pas être ça. Je suis heureuse ici à Saint-Honoré. Maman et Papa sont heureux ensemble sur la ferme. Une ferme qui ira probablement à Loyola... Un jour, j'imagine qu'elle sera à lui, mais je ne pense pas qu'elle sera jamais à moi... Maman était fiancée à dix-neuf ans et a marié Papa à vingt. Attends un peu, j'ai presque dix-neuf! Même si je trouve un mari, où vais-je vivre? Il n'y a pas beaucoup de fermes à vendre autour de Saint-Honoré.*

Isala retourna à sa contemplation de la danse de Loyola et Maëlle, qui « gardaient un ange entre eux », bien entendu. La semaine dernière, c'était amusant de taquiner Loyola pour qu'il demande à l'une des filles LaRue d'aller au bal avec lui. Maintenant, en regardant Loyola et Maëlle danser ensemble, elle se sentait mal de l'avoir encouragé alors qu'il n'allait qu'être déçu en apprenant que les LaRue déménageaient au printemps prochain.

Les pensées d'Isala furent interrompues par quelqu'un qui lui tapota l'épaule. « Salut, Isala… aimerais-tu danser? »

Isala se retourna pour se trouver face à un des amis de Loyola, Gilbert Gagné. Isala regarda le garçon bien habillé. *Gilbert? C'est toi?*

Elle reconnaissait à peine Gilbert, tout propre dans son nouveau costume; ce n'était plus le garçon de ferme désordonné et tout sale qui faisait des bêtises avec Loyola. *Gilbert est un garçon bien…* Cependant, plus Isala le regardait, plus elle voyait le garçon pieds nus et couvert de poussière qui traînait avec Loyola, et moins comme le Gilbert propre et soigné qui se tenait devant elle. *Danser avec lui serait comme danser avec… mon frère? Oui, assurément!*

Isala secoua la tête.

- Non, je suis désolée, Gilbert. Tu es un garçon bien, mais non merci.
- Peut-être plus tard, Isala, dit Gilbert en haussant des épaules. De toute façon, j'aperçois Émilie Dion. Tu te rappelles d'Émilie, Isala, non?
- Bien sûr que oui, Gilbert, c'est l'une des filles les plus populaires de l'école.

Isala commença à se détourner de Gilbert.

- Pourquoi ne vas-tu pas lui parler?

Mais Gilbert marchait déjà vers Émilie avant qu'Isala eût pu finir sa phrase.

Soudain, Isala vit du coin de l'œil un jeune homme qui se tenait à côté d'elle. *Si c'est un autre des amis de Loyola, je pète un plomb.*

Isala avait commencé à se retourner pour l'envoyer promener quand il se mit à parler.

- Ce garçon est courageux de danser avec l'une de ces jumelles, dit-il en pointant Loyola. J'ai essayé de parler avec l'une d'elles et elles n'arrêtaient pas de changer de place quand je ne regardais pas. Je ne savais même pas qu'elles étaient jumelles!

Isala retient son souffle lorsqu'elle fit face à l'étranger souriant. Il avait peut-être un ou deux ans plus vieux qu'elle, des cheveux noir de jais, un teint olive et des yeux sombres d'où luisait une étincelle de gaieté. *Ce n'est clairement pas l'un des amis de Loyola*, pensa-t-elle. La surprise d'Isala fut remplacée par la curiosité. *Qui est ce garçon? Il est si beau! Il ne peut pas être de Saint-Honoré… si?*

Finalement, elle lui adressa la parole.

– Hum, tout le monde à Saint-Honoré connaît les filles LaRue et leurs tours. Cela signifie que tu n'es pas d'ici, je me trompe?

Le jeune homme sourit.

– Oui, c'est vrai. Tu dois être la détective locale!

Son sourire était amical et appelait les taquineries bienveillantes.

– Alors, pourquoi es-tu ici?

Isala faisait désormais directement face au jeune homme.

Il haussa un sourcil.

– C'est une question intéressante, non? Me demandes-tu ce que je fais à Saint-Honoré, ou pourquoi je me tiens à côté de toi? Parce que dans ce cas, c'est parce que je ne comprends pas pourquoi une aussi jolie fille n'est pas en train de danser avec quelqu'un.
– Mon doux, comme tu es hardi!

Isala aurait voulu être agacée par le jeune homme, mais elle accueillit plutôt ses tentatives de charme comme une interruption bienvenue à son ennui.

– Toutefois, je ne pense pas qu'il soit convenable pour un garçon d'inviter une fille à danser sans avoir été adéquatement présenté, dit-elle en croisant les bras.

– Oh, toutes mes excuses! Mon nom est Phileas… Phileas Savoie. Je suis de Saint-Germain. Je ne voulais pas être impoli. Je cherche seulement quelqu'un de mon âge à qui parler. Maintenant que tu connais mon nom, quel est le tien?
– Isala Meunier, dit-elle a tendant la main. Enchantée de faire ta connaissance, Phileas.

Phileas serra la main d'Isala.

Isala et Phileas se regardèrent un instant avant qu'Isala reprenne la parole.

– Donc, tu es de Saint-Germain? C'est près de Drummondville! Tu es venu de loin pour savoir pourquoi une fille se tient seule dans le hall de la petite église d'un petit village.
– Eh bien, je…

Isala s'amusait trop à jouer les détectives pour laisser Phileas placer un mot.

– Hum, je pense aussi qu'il est peu probable que tu retournes à Saint-Germain ce soir dans le noir. Alors, où restes-tu à Saint-Honoré?

– Ha! Je ne fais que passer par Saint-Honoré, et je reste avec Monsieur Jean et Madame Patricia Bénéat ici dans le village pour deux jours. Ce sont des amis de mes parents.
– Que passer? Saint-Honoré est un bel endroit. As-tu déjà pensé rester ici… de manière permanente?

Isala se sentit rougir. *Saint-Honoré pourrait bénéficier d'un nouveau garçon comme Phileas dans le village. À condition que je le cache d'Émilie Dion. Elle veut tous les garçons pour elle-même!*

– Non, je suis en route pour une ville appelée Woonsocket au Rhode Island pour trouver du travail comme machiniste et fabricant d'outils.
– Oh, alors tu quittes le Québec, murmura Isala en regardant ses souliers. *Je commençais juste à bien l'aimer!*
– Je ne veux pas m'en aller, Isala, mais le travail devient dur à trouver pour les jeunes au Québec, dit-il en souriant d'un air désolé. Mais au Rhode Island, il y a des moulins et des usines, et ils ont besoin de travailleurs.
– Mais, qu'est-ce qu'il y a de si intéressant au Rhode Island? Si loin au sud, je parie qu'il ne neige même pas.
– Bien sûr qu'il neige au Rhode Island!

Phileas sourit, appréciant l'échange mutuel.

– D'accord, alors il neige là-bas aussi. Mais comment comptes-tu parler aux gens, ou même comprendre quelque chose? Peut-être oublieras-tu même comment parler français!
– Isala agita les mains, feignant la frustration.

- Oublier comment parler français? Phileas rit. C'est impossible! Beaucoup de gens parlent français à Woonsocket. Il y a tellement de gens du Québec qui y vivent que c'est comme être à la maison. Il y a des églises, des magasins, des écoles francophones… tout le monde parle français à Woonsocket!
- Oh.

Sachant qu'elle arrivait à bout d'objections contre le Rhode Island, Isala décida de changer de sujet.

- Tu étais censé m'inviter à danser, Phileas.
- M'accorderais-tu une danse, Isala?

Phileas se pencha légèrement et offrit sa main comme un gentilhomme. Ses yeux montraient qu'il prenait encore plaisir à leur échange taquin.

– Non, j'ai changé d'idée. C'est trop chaud ici. Isala pointa la porte. Allons dehors regarder les étoiles ensemble. Mais ne laisse pas les chaperons nous voir partir!

Isala et Phileas se faufilèrent derrière une porte de côté tout en échappant à la surveillance des chaperons. Le ciel nocturne était sombre et rempli d'étoiles. Ensemble, ils s'éloignèrent des lumières de l'église jusqu'à la lisière de la forêt et regardèrent le ciel.

– C'est froid!

Le souffle de Phileas formait une brume devant lui quand il parlait.

– Je pense que les étoiles brillent davantage lorsque la nuit est froide, dit Isala.
– Je ne me souviens pas avoir vu les étoiles briller aussi fort, Isala. Je pense que tu as raison. Le froid fait davantage briller les étoiles. Aimes-tu les regarder?

Isala répondit tout en continuant de regarder vers le haut.

– Par des nuits comme celle-ci, mon frère Adrian et moi aimons nous faufiler dehors lorsque tout le monde dort pour regarder les étoiles. Il essaie de nommer toutes les étoiles et même de toutes les compter!

Phileas rit et dit :

– Je pense qu'il y a trop d'étoiles pour qu'une personne puisse les compter!

Il marqua une pause et se tourna vers Isala.

– Quand j'étais tout petit, mon grand-père m'a dit que les étoiles étaient les feux de camp de toutes les personnes décédées, et qu'elles veillaient sur leur famille terrestre depuis le firmament.

Isala détourna son regard des étoiles pour regarder Phileas.

- Quelle histoire magnifique, Phileas! Je me demande qui l'a racontée à ton grand-père.
- Mon grand-père a dit qu'il l'avait entendue de sa grand-mère Mi'kmaq lorsqu'il était jeune. Apparemment, elle était très vieille lorsqu'elle lui a raconté.
- Eh bien, Phileas, ma grand-mère nous a dit que les étoiles sont des trous d'épingle dans le dôme du ciel et que la lumière du paradis brille à travers.
- Ça sonne comme une histoire que ma grand-mère raconterait! Connais-tu d'autres histoires sur les étoiles, Isala?

Isala jeta un coup d'œil aux étoiles avant de se retourner vers Phileas.

- Père Renaud dit qu'au paradis, les âmes des membres de notre famille qui sont partis veillent sur nous et prient pour nous. Je pense que cette histoire ressemble un peu à celle que ton grand-père t'a racontée. Mon frère Adrian, lui, dit que les étoiles sont des boules de gaz en train de brûler comme le soleil. Il pense même qu'il y a peut-être des gens autour de ces étoiles qui nous regardent. Ma petite sœur Flora, elle, croit que les anges peignent le ciel avec des pinceaux géants.
- Phileas regarda Isala pensivement.
- De toutes ces histoires, Isala, laquelle est vraie selon toi?
- Toi, quel est ton avis? Je pense que je commence à avoir froid.

Isala sourit à Phileas.

Sentant que c'était une invitation, Phileas enroula son bras autour des épaules d'Isala et la rapprocha de lui. Ainsi côte à côte, ils continuèrent à admirer les étoiles.

- Je pense que toutes ces histoires sont vraies, Phileas.

– Quoi?

Il prit un moment pour se détacher des étoiles et revenir sur Terre.

– Comment toutes ces histoires peuvent-elles être vraies, Isala?
– Je pense que toutes les histoires décrivent la même chose, une chose si formidable que personne n'a pas les mots nécessaires pour tout dire en une seule fois. Laquelle est vraie selon toi, Phileas?

Phileas et Isala re retournèrent pour se regarder dans les yeux.

– Ce que j'en pense? dit-il en rapprochant lentement son visage de celui d'Isala. Que les étoiles soient des trous d'épingle ou des feux de camp, je pense que je les aime mieux lorsque je vois leur lueur reflétée dans tes yeux, Isala.

Isala ferma les yeux. *Est-ce qu'il va m'embrasser? J'aimerais l'embrasser aussi! Mais il sera parti dans quelques jours. Et après? Pas de pique-nique sous le chêne, pas de randonnée en raquettes sous la pleine lune dans la neige fraîche de la ferme, pas de promenade en se tenant la main le long de la rive du lac Memphrémagog, pour regarder le soleil se coucher derrière le Mont-Orford. Il a l'air si gentil, mais bientôt, il partira. Si je l'embrasse, ce ne sera que plus difficile de lui dire au revoir.*

– Non.

Un regard confus se dessina sur le visage de Phileas.

– Je suis désolé, Isala, je pensais... Je ne voulais pas être trop entreprenant.

Isala secoua la tête.

– Non, tu pars, ça ne sert à rien. Ça n'aura pas d'importance.
– Mais je pourrais t'écrire, Isala. Je pourrais même revenir te visiter, peut-être même dans seulement un an.

Les yeux d'Isala commencèrent à s'humidifier.

– Mais pourquoi dois-tu partir, aussi? Pourquoi est-ce que tout et tout le monde doivent changer? J'aime les choses telles qu'elles sont!

Phileas allait répondre quand un corbeau émit un doux « croa » du haut d'un arbre au-dessus d'eux.

– Isala! Regarde juste là!

Isala se tourna et vit une magnifique renarde en dessous du corbeau, à la lisière de la forêt. La renarde et le corbeau portaient chacun un ruban rouge d'où pendait un talisman. La renarde fit un pas vers la forêt et se retourna pour regarder Isala et Phileas.

– Ce doit être la renarde et le corbeau dont parlait Monsieur LaRue! s'exclama Isala.
– Qui est Monsieur LaRue? demanda Phileas.
– Je te le dirai plus tard, répondit Isala. Mais si nous les suivons, ils nous mèneront peut-être au Géant Poilu!
– Le Géant Poilu? Es-tu sûre que ce soit une bonne idée? dit Phileas en regardant Isala avec scepticisme.

Une aventure! Qu'est-ce que Tante Victorine a dit à Adrian il y a quelques jours, quand nous étions au Café du Papillon? Quelque chose comme être reconnaissant d'avoir des mystères à ruminer.

– Ne sois pas effrayé. Et puis, ne veux-tu pas une chance de montrer à quel point tu es un homme courageux, à défendre une fille sans défense comme moi? ajouta Isala, feignant l'impuissance.

Isala et Phileas suivirent la renarde et le corbeau dans les bois jusqu'à ce qu'ils arrivent finalement à une clairière. Là, déployés en demi-cercle, se tenaient tous les anciens animaux farceurs.

– Regardez-moi tout ce beau monde! dit Isala. Nous attendiez-vous, Phileas et moi? Ou aimez-vous vous faufiler la nuit pour regarder les étoiles comme moi?
– Bienvenue, enfant d'Ancienne grand-mère! annonça Azeban.

– Je te reconnais! dit Isala en le pointant du doigt. Tu es Azeban et l'ours à tes côtés est Muin. Vous avez tous deux volé la machine à traction de Papa au printemps dernier!
– Nous ne l'avons pas volée, rétorqua Muin. Nous ne voulions que la sortir du trou.
– Vraiment? demanda Isala en haussant un sourcil. Et quelle est votre excuse pour avoir dérobé la tarte de Maman?

Muin ne put que hausser les épaules et sourire en guise de réponse.

Isala se tourna pour regarder les autres animaux farceurs.

– Je me souviens de la tortue et de l'orignal de ce matin, au bord de l'étang, et maintenant, nous avons rencontré la renarde et le corbeau. Êtes-vous tous ensemble?
– Nous sommes une famille! répondit Puku'kowij. Voici mes frères et ma sœur, et voici Oncle Mikcheech sur mon dos.

- Isala, il en manque encore un!

Phileas pointa une énorme forme dans l'obscurité de la forêt, en arrière des animaux farceurs. Soudainement, le Géant Poilu en personne se tenait au milieu des animaux farceurs.

- Et lui, annonça Puku'kowij fièrement, c'est notre père.
- Isala, je me souviens des histoires de mon grand-père sur les animaux farceurs, confia Phileas. Petit, j'adorais ces histoires.

Phileas regarda les animaux farceurs avant de continuer.

- Je ne savais pas que vous étiez tous réels, mais si! Que faites-vous tous ici ce soir?
- Nous sommes venus dire au revoir, mon fils, dit Wowkwis la renarde.
- Au revoir? demanda Isala. Mais vous êtes à peine arrivés!
- À peine arrivés? répéta Mikcheech. Tu ne comprends pas, mon enfant. Nous avons toujours été ici, depuis le tout début.
- Ne t'inquiète pas! Nous ne serons pas partis longtemps, dit Azeban gaiement. Nous allons au nord visiter nos tantes et oncles dans le territoire de glace et de neige.
- Oui! s'exclama Muin pour ajouter son grain de sel. Nous serons de retour dans environ cent cinquante ans. Une petite visite.
- S'il vous plaît, ne partez pas, plaida Isala avec ses yeux. Juste avant le bal, j'ai appris que mes amies Gaëlle et Maëlle déménageront loin, puis, au moment où je rencontre Phileas, il me dit qu'il va au Rhode Island, et maintenant vous partez aussi. Je me sens abandonnée.
- Une larme roula sur la joue d'Isala.
- Oh non, très chère, dit Wowkwis. Une jeune comme toi ne devrait pas être triste par une nuit magnifique comme celle-ci. C'est un cadeau du Créateur.

Le Géant Poilu marcha vers Isala et essuya doucement sa larme du doigt. Il tourna sa main vers le haut et la larme commença à flotter et à tourner sur elle-même au-dessus de sa paume, se transformant en diamant. Puis, d'une voix douce comme un murmure d'enfant, il prit la parole.

– N'aie pas peur, fille d'Ancienne grand-mère. Où que tu ailles, tu ne seras jamais seule.

Sur ce, le Géant Poilu lança la larme de diamant dans le ciel. Le diamant explosa pour devenir les couleurs des aurores boréales se déployant dans le ciel.

Phileas parla, le regard encore fixé sur le ciel.

- Isala, je sais que nous venons de nous rencontrer, mais je suis heureux que tu sois avec moi pour être témoin de cette magie magnifique.
- Moi aussi, Phileas.

Ces aurores dans le ciel, elles sont si belles! Son bras m'enveloppe et ensemble, nous regardons ce spectacle... Mais il y a plus que ça entre nous. C'est comme si Phileas et moi étions dans le ciel, enveloppés dans la beauté des aurores colorées... comme si elles faisaient partie de nous, et que nous faisions partie d'elles. Mais comment est-ce possible? Toutes ces aurores magnifiques viennent-elles d'une seule larme lancée dans le ciel? De l'intérieur de moi? Comment? Tante Victorine dirait que c'est mon mystère à chérir.

Tandis qu'Isala et Phileas regardaient le ciel, émerveillés, Puku'kowij et Mikcheech s'approchèrent d'eux. Mikcheech grogna légèrement pour attirer leur attention, puis déclara :

- Souviens-toi, mon enfant, que par une nuit comme celle-ci, un bon et brave homme nommé Assababich a prononcé des paroles sages à ton Ancienne grand-mère, au moment où elle aussi traversait une période transitoire dans sa vie.
- Que lui a-t-il dit, Oncle Mikcheech? demanda Isala en reportant son regard sur la tortue.

- Eh bien, je pense que si Assababich était ici en ce moment, il te dirait « Tu te trouves devant une nouvelle voie, ma chère, prends-la. Prends la main de ton futur mari et marchez ensemble avec joie et bonheur. Ayez des filles aimables et magnifiques, comme leur mère, et des garçons forts et braves, qui feront la fierté de leur père. Un nouveau chemin s'offre à toi, saisis ta chance.
- Mariage? dit Phileas avec surprise.
- Pour moi? demanda une Isala tout aussi surprise.

Puis, regardant Phileas, elle dit :

- Pour nous?

Se pourrait-il que ce soit Phileas? Est-il le bon?

Muin dit à Isala et Phileas :

- Je vois deux chemins se rejoindre en un seul. Et je pense que c'est un bon chemin.
- Vous devriez écouter mon neveu, mes enfants, ajouta Mikcheech. Muin perçoit des chemins cachés que moi-même je ne puis voir.

– Merci, Oncle Mikcheech, pour vos mots et conseils, je ne m'attendais à rien de tel, mais…

La voix d'Isala s'éteignit tandis qu'elle se tournait pour voir la réaction de Phileas.

Je suis enthousiaste, mais c'est si soudain. Phileas est gentil, et j'aime parler avec lui, mais que va-t-il dire de tout cela? M'aime-t-il lui aussi? se demanda Isala.

Phileas fit face à Isala et prit doucement ses deux mains dans les siennes.

– Isala, moi non plus, je ne m'attendais pas à ce que rien de tel ne se produise cette nuit, mais…

Phileas leva les yeux vers les lueurs colorées qui dansaient dans le ciel nocturne.

– Eh bien, aimerais-tu venir avec moi? Au Rhode Island?

Il marqua une pause.

– À mes côtés comme épouse? Ça me rendrait très heureux que tu dises oui.

Oui! pensa Isala. *Mais pas encore. Une fille ne doit pas avoir l'air trop empressée…*

– Attends un instant, Phileas, il y a une chose que je dois demander à Oncle Mikcheech avant son départ.

Isala et Phileas se rapprochèrent de Mikcheech qui était assis sur le dos de Puku'kowij

– Oncle Mikcheech, quel était son nom? demanda Isala. Le nom de mon Ancienne grand-mère?
– Miteouamigoukoue. Son nom était Miteouamigoukoue, et elle me manque, même si elle était très espiègle.

Mikcheech rit doucement, plongé dans de lointains souvenirs.

Mikcheech regarda ensuite les aurores dansantes dans le ciel un instant, puis pointa une griffe vers Isala.

– Toutefois, Miteouamigoukoue continue de vivre à travers toi, tes frères et ta sœur.
– Je crois que je comprends désormais, Oncle Mikcheech.

Les aurores! C'est ça! Elles sont reliées à mon Ancienne grand-mère, d'une certaine manière.

Puku'kowij tourna sa tête pour regarder Mikcheech, puis parla à voix basse.

– Mon Oncle, tout le monde s'en va, c'est le temps pour nous de partir aussi.
– Oui, c'est vraiment le temps, Neveu, dit Mikcheech. Mais j'ai une dernière requête pour mes enfants.

Il sourit à Isala et Phileas.

– Qu'est-ce que vous aimeriez qu'on fasse, Oncle? demanda Phileas.
– Où que vous alliez, mes enfants, n'oubliez pas d'où vous venez.
– Je me souviendrai toujours, dit Isala.

Phileas hocha la tête en guise d'assentiment.

Soudain, Phileas eut une idée.

– Est-ce que l'un d'entre vous pourrait rester avec nous? Où trouverons-nous l'humour et les rires sans vous? Qui jouera les tours à l'origine des histoires que nous raconterons à nos propres enfants?
– Wowkwis et Wiskijan échangèrent un regard, puis se discutèrent avec le Géant Poilu. Puis, Wowkwis et Wiskijan s'approchèrent de Phileas.
– Alors, tu te demandes qui racontera les histoires, Phileas? demanda Wowkwis. Et qui apportera les rires? Ou peut-être même jouera quelques tours? Oui? Alors, penche la tête, Phileas, et écoute attentivement mon secret.

Phileas pencha la tête et regarda directement Wowkwis.

– Tu écoutes, Phileas?

Phileas hocha la tête.

Wowkwis rit soudainement et pointa une patte vers Phileas.

– Ce farceur est… toi, mon fils! Voilà qui!

Tous les animaux farceurs éclatèrent de rire à l'unisson.

– Notre père t'a accordé un cadeau de notre part, continua-t-elle. Prends ce talisman de mon cou et mets-le autour du tien. Désormais, tu portes notre esprit dans ton cœur. Passe-le à tes enfants et à tes petits-enfants. Aime-les, enseigne-leur et fais-les rire. Raconte-leur nos histoires, afin qu'ils n'oublient pas.

Wiskijan parla tout en les survolant.

– Adieu, les enfants. Ancienne Grand-mère veillera toujours sur vous à partir des feux de camp dans le ciel. Même d'ici, je la vois.

Sur ce, les anciens animaux farceurs continuèrent leur chemin dans la forêt et disparurent dans l'obscurité. Isala et Phileas se tenaient la main en regardant la danse scintillante des aurores dans le ciel s'estomper.

À la disparition de la dernière aurore dans le ciel, Isala se tourna vers Phileas.

– Écris-moi, Phileas, chaque semaine.
– Je te le promets, Isala.
– Et quand tu seras installé et prêt pour moi, je te rejoindrai au Rhode Island… pour devenir ta femme.
– Cela me rend très heureux, Isala.

Phileas mit son bras autour des épaules d'Isala et leur regard se porta vers le ciel.

– Les étoiles ont l'air brillantes, mais froides dans le ciel, continua Phileas, une touche de tristesse dans la voix. J'imagine que la magie est partie, Isala.
– Oh non, Phileas, la magie n'est pas partie. Regarde.

Isala ouvrit la main sur un petit diamant en rotation, les couleurs des aurores boréales flottant au-dessus de sa paume.

– C'est le diamant du Géant Poilu! s'exclama Phileas. Mais comment est-ce possible, Isala?
– Je pense que je l'ai toujours eu, Phileas, je ne l'avais juste pas réalisé.
– Donc, la magie est encore avec nous!

Phileas sourit et regarda attentivement le minuscule diamant qui continuait de tourner et de pulser de la lumière dans la paume d'Isala.

– Oui, Phileas, répondit Isala, mais seulement aussi longtemps que nous nous rappellerons ce qu'Oncle Mikcheech nous a demandé de faire. Si c'est le cas, nous serons toujours en mesure de porter l'amour et la magie de nos ancêtres avec nous, peu importe où nous irons.

Les aventures de la famille Meunier commencent.

TOME 1

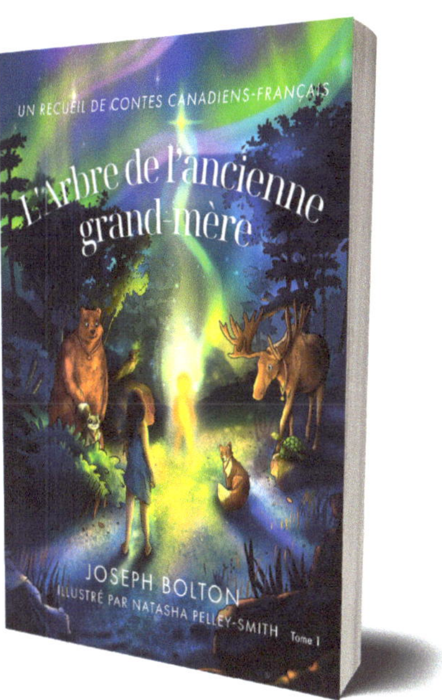

Un héritage à travers le temps

Une histoire de liens familiaux, d'animaux farceurs rusés et d'aventures jamais racontées: *L'Arbre de l'ancienne grand-mère: Un recueil de contes canadiens-français* est une magnifique compilation de contes folkloriques dans le Québec du 17e et du début du 20e siècle.

Durant sa nuit de noces, une jeune femme algonquienne est visitée par l'esprit de son premier mari et des animaux farceurs des légendes autochtones, qui l'encouragent à s'avancer sur une nouvelle voie. C'est ainsi que commence le récit des origines de la famille Meunier et des nombreuses aventures qui surviennent au cours des générations suivantes.

Jumelant des récits richement ficelés et de magnifiques dessins, *L'Arbre de l'ancienne grand-mère* de Joseph Bolton et Natasha Pelley-Smith est un hommage à une histoire inédite qui touchera n'importe quel lecteur.

La genèse du monde de *L'Arbre de l'ancienne grand-mère*

TOME 3

Un conte sur la danse qui a donné naissance au monde

Nous sommes en août 2126 à Pembroke, en Ontario. Par une agréable soirée d'été, nous nous retrouvons autour d'un feu de camp. Un grand-père algonquin se remémore la création du monde pour ses petits-enfants adolescents. Tendez l'oreille pendant que le sage grand-père fait la lumière sur le commencement du monde de *L'Arbre de l'ancienne grand-mère*. Découvrez les origines des personnages bien-aimés comme Oncle Mikcheech la Tortue, Muin l'Ours, Azeban le Raton laveur, Wowkwis la Renarde, Wiskijan le Corbeau et Puku'kowij l'Orignal, tandis que Waaseyaa le Géant cherche ses frères et sœurs perdus dans le monde magique du Québec ancestral.

Dans cette suite très attendue des tomes 1 et 2 de la série *L'Arbre de l'ancienne grand-mère*, l'auteur Joseph Bolton combine son talent unique pour raconter des histoires aux illustrations exquises de l'artiste Natasha Pelley-Smith pour créer un nouveau conte inédit qui propulse les lecteurs et lectrices dans un nouveau monde.

Dernières réflexions et remerciements

J'ai eu la grande chance d'être entouré de personnes exceptionnelles dans la création de *L'Arbre de l'ancienne grand-mère*. Sans elles, ce livre n'aurait jamais vu le jour.

À moins d'être un artiste, il est impossible d'imaginer la quantité de travail qui se cache derrière un projet de livre comme *L'Arbre de l'ancienne grand-mère*. **Natasha Pelley-Smith** a soigneusement créé 300 illustrations en couleur. À certains moments, elle travaillait, telle une vraie marathonienne, pendant de longues heures. D'autres fois, elle cultivait les illustrations comme une jardinière prenant soin de ses fleurs dans un jardin sublime. Sa vie marquée par l'aventure et son cheminement personnel à la découverte de ses racines familiales lui ont donné une compréhension empathique, non seulement de mon histoire, mais aussi des personnages de *L'Arbre de l'ancienne grand-mère*.

L'art magnifique de Natasha, riche en dimensions, couleurs et lumière, provient des profondeurs de son âme emplie de sagesse. Étant moi-même dépourvu de toute habileté artistique, je me suis senti privilégié de la regarder travailler et me considère chanceux qu'une femme et artiste d'exception comme Natasha soit cocréatrice de *L'Arbre de l'ancienne grand-mère*.

Natasha et moi sommes très reconnaissants du travail de l'artiste et scénariste Masami Kiyono. Masami et moi avons travaillé sur divers projets, et elle est en outre une bonne amie qui a cru en ce livre depuis le début. Chargée du scénarimage de *L'Arbre de l'ancienne grand-mère*, Masami et son talent renversant et inégalé ont été fondamentaux pour visualiser le flux de l'histoire à partir des mots écrits sur la page et les transformer en une séquence d'illustrations pour *L'Arbre de l'ancienne grand-mère*. Masami était la pionnière qui débroussaillait le sentier afin que Natasha puisse la suivre et, ce faisant, elle lui a épargné des années de travail. Masami a aussi créé plusieurs des premières ébauches des personnages du recueil, notamment la famille Meunier et leurs animaux de ferme. Son ADN artistique traverse tout le livre.

En tant qu'écrivain, il est facile de regarder son propre travail et de penser « C'est génial! » et « Tout le monde comprendra ça! ». Les bons éditeurs nous aident à voir notre premier brouillon comme il est, y compris ses erreurs grammaticales, ses trous dans l'intrigue et son charabia incompréhensible. Mais quand j'ai fait parvenir le brouillon inachevé de la première histoire de *L'Arbre de l'ancienne grand-mère : La Troupe de Sabots,* à **Alexa Nazzaro**, elle y a aussi vu le potentiel pour un grand livre.

Je me souviens de notre premier appel Zoom où je lui ai exposé mon idée étrange de faire une collection illustrée de contes folkloriques canadiens-français. L'expérience d'Alexa a été essentielle pour transformer ce qui était un ramassis désorganisé de bonnes idées en une fondation solide pour un livre dont nous sommes fiers. Ses conseils m'ont aidé à devenir un meilleur écrivain et à réaliser le plein potentiel de ces histoires. Je suis reconnaissant de sa patience et de son soutien indéfectible sans lesquels ce livre n'aurait pas été possible.

Le succès d'un auteur repose beaucoup sur le soutien familial dont il bénéficie. J'aimerais remercier ma femme, **Mary Bolton**, et mes filles **Rachel** et **Lydia Bolton** pour leur immuable appui pendant que je planchais des heures durant sur ce livre, et pour avoir été un public enthousiaste de mes premiers brouillons.

Je ne peux souligner assez l'importance qu'ont eue pour moi le frère et la sœur de ma mère, **David Savoie** et **Anne-Marie Dau** (née Savoie). Leurs encouragements durant cette période où l'étendue de ce que j'essayais d'accomplir me submergeait ont été précieux. Ils ont tous deux commenté avec honnêteté et pertinence mes idées concernant l'histoire, et je suis certain que ça a été agréable pour eux de voir l'histoire de leurs grands-parents, Phileas et Isala Savoie, prendre vie sous forme de magnifiques illustrations et mots.

Ce livre s'inspire du regretté généalogiste et éducateur canadien-français **Normand Léveillée** (8 mars 1935 – 21 avril 2019), qui était aussi un descendant de Miteouamigoukoue et donc, mon cousin. Il n'a pas seulement effectué des recherches sur la vie de notre ancêtre Miteouamigoukoue — il a donné vie à un vrai être humain qui a traversé une perte tragique et a reconstruit sa vie. Malheureusement, au moment où j'ai découvert Normand Léveillée et mes propres liens à Miteouamigoukoue, j'ai su qu'il nous avait quitté tout juste quelques mois plus tôt, et qu'il avait vécu à une heure de route de chez moi.

Peut-être était-il approprié que Normand Léveillée supervise la création de ce livre depuis les feux de camp dans le ciel. Je l'imagine se tenant là, m'encourageant aux côtés de nos ancêtres **Miteouamigoukoue** et **Pierre Couc**.

Je crois qu'il y a une universalité dans le langage de nos croyances et mythologies collectives. Nous avons différents mondes qui décrivent les mêmes vérités magnifiques de nos vies comme êtres humains. Pour moi qui suis de tradition catholique, les feux de camp dans le ciel sont une autre façon d'exprimer le paradis, d'où même aujourd'hui, les membres décédés de notre famille nous regardent et prient pour nous. C'est à la fois extraordinaire et réconfortant pour moi de savoir que la croyance selon laquelle nous ne sommes jamais complètement séparés de nos ancêtres se retrouve partout dans le monde. Comme l'a dit Isala dans *Je me souviendrai toujours* :

> *Je pense que toutes les histoires décrivent la même chose, une chose si formidable que personne n'a pas les mots nécessaires pour tout dire en une seule fois.*

Dans cette recherche sur Miteouamigoukoue et les Algonquins, Normand Léveillée a appris l'histoire de **Sainte Kateri Tekakwitha**. La mère de Kateri, Kahenta, provenait de la même communauté que Miteouamigoukoue et a probablement été prise dans la même attaque que les enfants de Miteouamigoukoue. Normand Léveillée a eu l'intuition que Kahenta et Miteouamigoukoue pourraient être apparentées. Bien que la preuve du lien familial ne soit pas établie, j'ai ressenti personnellement que Sainte Kateri veillait sur ce livre et sa création. J'ai certainement toujours eu les ressources nécessaires lorsque j'en ai eu besoin, tout comme le soutien des bonnes personnes.

En outre, à certains moments, il semblait que Miteouamigoukoue, Pierre Couc et **Assababich** m'inspiraient directement la façon dont ils étaient dépeints dans ces histoires. Je ne peux expliquer ou décrire comment c'est possible, mais j'ai senti que c'était réel. Pendant que je réfléchissais à cela, je me suis rendu compte que Miteouamigoukoue comme Sainte Kateri avait vécu la perte tragique de leur famille au cours de leur vie, et qu'il serait parfaitement normal qu'elles s'intéressent à leur famille vivant aujourd'hui au 21e siècle, et s'en inquiètent avec sollicitude.

Au moment où j'écris ces lignes, je me rends compte qu'il reste encore d'autres histoires à raconter dans le monde de *L'Arbre de l'ancienne grand-mère* :

- D'où viennent les anciens animaux farceurs et comment ont-ils rencontré pour la première fois les *Habitants*?

- Quelle amitié liait Miteouamigoukoue et Mikcheech?
- Qui, entre Grand-père Charles et Mikcheech, a remporté le légendaire match de lutte?
- Qu'est-il arrivé durant la joute de tir à la corde entre les animaux de la ferme Meunier et ceux de la ferme LaRue?
- Comment Gaëlle et Maëlle LaRue rencontrent-elles leurs maris à Whitehorse? Et pourquoi sont-elles pourchassées par un canot volant?
- Qui sont les autres animaux farceurs ?
- Qu'est-ce que Tante Victorine et Adrien trouvent au sommet du Mont-Orford?

L'œuvre d'un écrivain n'est jamais terminée. Je planifie travailler sur ces histoires au cours des prochaines années, et vous serez en mesure de les trouver sur mon site Web. J'espère que vous avez eu du plaisir à lire ces contes folkloriques. Si oui, pensez à prêter ou à donner un exemplaire de ce livre à d'autres qui pourraient les aimer aussi. Plus que jamais, nous avons besoin de bonnes histoires à lire à nous-mêmes et aux autres.

Merci!

Déclaration de l'artiste

Par Natasha Pelley-Smith

Ça a été un grand honneur de contribuer à ce livre. Collaborer avec Joseph, auteur et cocréateur, s'est avéré une expérience enrichissante qui a donné vie à chacune des illustrations. Ensemble, nous avons été témoins de l'émergence d'une collection d'histoires puissantes formant un tout cohérant – j'ai bien hâte de les partager avec d'autres.

Dans le processus créatif, j'ai utilisé une tablette graphique tactile qui m'a permis de dessiner avec la même authenticité que sur papier. Cette méthode améliore la qualité du dessin à la main, et j'espère que les lecteurs apprécieront l'effet tangible qu'elle apporte à l'œuvre. M'inspirant de la talentueuse artiste scénariste Masami, j'ai intégré la vision de Joe et ses recherches historiques dans mon travail, tout comme mes propres idées. En adaptant à partir de notes détaillées, j'ai créé un style dynamique et unique qui ajoute un effet captivant aux illustrations.

La lumière a une signification particulière dans mon processus artistique; elle représente un élément crucial pour insuffler la vie aux personnages. Donner la touche finale qui améliore l'ensemble de l'expérience visuelle est l'étape que je préfère.

Au moment d'embarquer dans cette aventure d'illustration, je n'aurais pas pu anticiper l'envergure du projet. Toutefois, le temps passe vite et j'ai été captivée par le récit chaque jour où j'ai dessiné. Je pense que les lecteurs partageront cette expérience immersive, et sentiront le temps filer, plongés dans les histoires enlevantes les transportant dans un autre monde.

À propos de l'auteur

Joseph Bolton est né à Pawtucket, au Rhode Island, vers la fin de l'âge d'or de la culture canadienne-française en Nouvelle-Angleterre. Enfant, entouré de la famille canadienne-française de sa mère, Joseph a du plaisir à écouter les histoires de ses grands-parents et grands-tantes à propos d'un lieu mystérieux et magique appelé Québec, désigné aussi comme « l'endroit d'où on vient ».

Ses études secondaires terminées, Joseph, mû par une nature aventureuse, s'enrôle dans l'armée américaine où il sert comme parachutiste dans l'armée de l'air, sautant d'avions parfaitement fonctionnels au grand désespoir de sa mère.

Bien qu'au départ, son intention était de rester dans l'armée seulement deux ans, il est finalement affecté à l'académie militaire américaine à West Point, et après l'obtention de son diplôme en 1989, il décide de poursuivre une carrière militaire. Ensuite, Joseph obtient son diplôme de l'Army's Ranger Training School, un cours de leadership de combat exigeant et exténuant physiquement. Au cours des 18 années suivantes, il sert dans l'armée, occupant des postes variés aux responsabilités de plus en plus importantes et culminant par une tournée de combat en Afghanistan en tant que l'un des deux officiers des opérations spatiales au sein de la 10e Division de montagne de l'armée américaine.

Depuis sa retraite de l'armée, Joseph occupe divers postes de gestionnaire de projet en tant que fournisseur civil pour l'armée de l'air américaine. Pour écrire *L'Arbre de l'ancienne grand-mère*, Joseph prend une année sabbatique de l'armée de l'air et enseigne les mathématiques à de jeunes élèves pendant un semestre à la Holy Family Academy à Gardner, au Massachusetts. Cette expérience a été pour lui l'emploi le plus épanouissant qu'il ait occupé et il espère retourner enseigner à temps plein dans un avenir rapproché.

Bolton est de descendance canadienne-française, autochtone, espagnole, anglaise et irlandaise, et est profondément inspiré par les récits de ses ancêtres. Il vit avec sa femme au Massachusetts, et dans son temps libre, il aime faire de la randonnée et du ski dans les paysages du Québec et de la Nouvelle-Angleterre. Ses endroits favoris pour ses aventures de plein air sont les montagnes Berkshire au Massachusetts et le Mont-Orford au Québec. Lorsqu'il n'est pas en train d'écrire, de randonner ou de skier, Joseph aime lire sur la science, l'histoire, la philosophie, les mathématiques et les mythologies du monde. *L'Arbre de l'ancienne grand-mère* est son premier livre.

À propos de l'artiste

Natasha Pelley-Smith, née à Toronto, est une artiste professionnelle expérimentée ayant obtenu son diplôme en 2017 de la prestigieuse académie des beaux-arts Écohlcité en France (désormais intégrée à Émile Chol de Lyon). Bien outillée, elle possède des habiletés diversifiées qui vont de la création de murales de toutes tailles à l'illustration de livres et la création de toiles à la peinture à l'huile, à l'acrylique et autres médiums combinés. Son cheminement professionnel est une aventure créative continue.

Son axe artistique évolue autour du portrait expressif, par lequel elle explore les méandres de la découverte identitaire et des influences culturelles. Natasha est connue pour incarner ses racines autochtones, jamaïcaines et terre-neuviennes, tout comme les autres fils culturels de sa vie. Son œuvre est une invitation à accueillir nos facettes multiples, culturelles comme émotionnelles; elle véhicule ainsi un message d'unité et d'amour de soi.

Revenue à ses racines canadiennes, Natasha continue ses contributions importantes tant par l'art mural que par la peinture et l'illustration. Durant sa carrière, elle a participé à des collaborations artistiques avec des entreprises commerciales de renom comme CiteCreation en France et des entreprises canadiennes et américaines comme Lycopodium Minerals Canada Ltd., Randstad Canada, la Ville de Pickering, Longslice Brewery, Black

Calder Brewery Co., York Regional Bell Box, la Ville de Richmond Hill en Ontario, ainsi que la boutique de thé aux perles, Nuttea Toronto. Plusieurs de ces projets présentent des liens avec des éléments culturels, environnementaux et issus de la diversité.

Est également digne de mention la clientèle privée de Natasha par laquelle ses œuvres ont été reconnues à maintes reprises. Notamment, quatre livres illustrés publiés l'ont menée à collaborer avec l'auteur américain Joseph Bolton, son projet le plus important à ce jour. Le livre raconte une histoire élaborée mettant en scène le folklore canadien-français, la croissance personnelle des personnages et surtout, l'héritage et les racines algonquiennes de Joseph tout en tissant un lien avec les racines de Natasha : les Nations ojibwé, kootenay et crie, présentes subtilement dans le livre.

Natasha continue d'illustrer *L'Arbre de l'ancienne grand-mère*, un project qui se poursuivra en 2025 avec la troisième tome. Elle a hâte que le livre se matérialise, et le perçoit come un symbole de culture à chérir. Pour un aperçu du talent artistique et unique de Natasha, consultez son site Web:

https://welcome.natashapsartwork.ca/

À propos de la scénarimagiste

Masami F. Kiyono est une illustratrice et scénariste américano-japonaise ayant participé à une panoplie de projets, des livres pour enfants aux publicités du Superbowl. Parmi ses derniers projets, on compte la création d'illustrations pour un documentaire intitulé Voices of Deoli (2024), qui raconte l'histoire de l'emprisonnement d'environ 3000 Chinois vivant en Inde dans des camps d'internement après la Guerre sino-indienne, et comment les survivants s'en sortent et réussissent aujourd'hui.

Dans son temps libre, Masami aime regarder des dessins animés et en apprendre sur le folklore. Ces intérêts, comme son héritage culturel, influencent son travail qui contient souvent de la fantaisie noire et un brin d'humour.

Masami travaille avec Joseph Bolton depuis le début de ce projet et l'a vu évoluer de manière importante. Ce qui a commencé comme une histoire mignonne sur des animaux de ferme magiques s'est déployé en un récit personnel sur la famille de l'écrivain. C'est à ce moment que la planification visuelle et le scénarimage du projet a commencé à s'axer autour de la construction du monde. Les personnages et leurs environnements devaient refléter la magie sous-jacente continuellement présente dans la province : tout jusqu'aux couleurs du châle de Delia Meunier est devenu lié aux pouvoirs célestes qui influencent les événements dans l'histoire. C'est le type de planification qui ravit particulièrement Masami quand elle illustre une histoire; c'est pourquoi elle a relevé le défi avec enthousiasme.

Pour voir son travail d'illustratrice, consultez son site Web à :

www.masamikiyono.com/illustrations

www.ingramcontent.com/pod-product-compliance
Lightning Source LLC
Chambersburg PA
CBHW041409300726
48978CB00002B/35

* 9 7 9 8 9 8 9 2 3 2 5 6 7 *